Œuvres & thèmes

Collection dirigée par Hélène Potelet et Georges Décote

Marco Polo

Le Livre des Merveilles

classiques Hatier

Texte établi par A.-C. Moule et P. Pelliot
Version française de L. Hambis

Un genre

Le récit de voyage

Groupement de textes

Les routes de l'Asie

Guillaume de Rubrouck, Ibn Battûta,
Alexandra David-Néel, Nicolas Bouvier

ISBN 978-2-218-73927-9
ISBN 0184 0851

Évelyne Ballanfat,
agrégée de Lettres classiques

HATIER

L'air du temps

L'Empire mongol

En 1260, Kubilaï Khan, petit-fils de Gengis Khan, monte sur le trône mongol. Il se fait ensuite nommer empereur de Chine.

La paix mongole

Sous la domination mongole, s'ouvre une ère de paix. Elle permet d'intenses échanges commerciaux et culturels entre l'Occident et l'Orient. De nombreuses caravanes sillonnent la route de la soie.

À la même époque...

- Houlagou, petit-fils de Gengis Khan, prend Bagdad en 1258.
- Saint Louis meurt de la peste à Tunis, en 1270, lors de la VIIIe croisade.
- Venise, la patrie de Marco Polo, est une ville très riche. Elle a conquis un vaste empire commercial et possède plusieurs comptoirs sur les routes de l'Asie, tels que Constantinople.

Sommaire

Introduction

Le Livre des Merveilles

Le Devisement du monde ou *Le Livre des Merveilles*

Il existe aujourd'hui cent quarante-trois manuscrits recensés du récit de voyage de Marco Polo ; peut-être en découvrira-t-on d'autres. Le plus connu est l'exemplaire de Tolède, retrouvé en 1938 et largement utilisé pour l'édition actuelle, transposée bien sûr dans une langue plus contemporaine.

Le livre de Marco Polo a un double titre : *Le Devisement du Monde* et *Le Livre des Merveilles*. Ces titres illustrent la richesse et la complexité de ce récit de voyage. *Devisement* est un terme ancien signifiant « description », c'est-à-dire compte rendu de ce que l'on voit, dont on est témoin. *Merveilles* en revanche renvoie à un univers fabuleux, inventé comme dans les contes et les légendes. Nous allons essayer de comprendre comment cet ouvrage peut être les deux à la fois, riche de précieux renseignements sur la vie de son époque et en même temps porteur de tout un imaginaire qui occupait l'esprit des contemporains. Pour cela, jetons un regard sur le contexte historique dans lequel s'inscrit le livre.

Venise et les croisades

Du XIe au XIIIe siècle, histoire, politique et religion sont constamment mêlées. De 1096 à 1291, neuf croisades se succèdent. Il s'agit d'expéditions militaires, auxquelles participent des chevaliers et même des rois, tels Saint Louis. Ils vont délivrer la Terre sainte des « Infidèles », ce terme comprenant tous les non-chrétiens, dont les Sarrasins (musulmans).

Les croisés prennent Constantinople, point clé sur la route de Jérusalem, en 1204, mais l'empereur byzantin Michel Paléologue la reprend en 1261, avec l'aide des Génois.

L'influence des croisades sur Venise, cité de Marco Polo, est immense et revêt plusieurs aspects. Dès le XIIe siècle, Venise est la grande ville du commerce et du voyage ; c'est aussi le point de départ des conquêtes : elle sera la grande organisatrice de la quatrième croisade. Sa situation géographique privilégiée et sa richesse l'ont rendue célèbre. Faire du commerce et voyager, parfois très loin, n'ont donc rien d'exceptionnel pour les Vénitiens. La famille de Marco Polo relève de cette tradition de marchands itinérants qui parcourent la Route des Fourrures, celle de la Soie et celle des Épices.

Au XIIIe siècle, Venise se trouve en difficulté : Gênes, sa rivale, a aidé les Byzantins à reprendre Constantinople, qui échappe ainsi aux croisés. D'une manière plus générale, les chrétiens d'Occident voient s'effondrer leurs chances de conquête et ne savent plus comment s'opposer aux musulmans, alors appelés Sarrasins.

Curieusement, l'invasion mongole en Asie et jusqu'en Europe, aux environs de Vienne, va redonner espoir aux chrétiens d'Occident. Ils voient dans ces Mongols la seule force capable de s'opposer à l'Islam. Ils prennent même Gengis Khan, chef suprême des Mongols au XIIe siècle, pour le roi David, que célèbre la Bible. Par ailleurs, les Mongols ne semblent pas hostiles au christianisme. Qui sont donc ces Mongols que l'on semble appeler également Tartares ?

En fait, le nom de Mongols désignait une tribu qui vivait dans la partie supérieure du fleuve Amour. Elle était connue pour sa férocité. Cette tribu se déplaça peu à peu vers la Mongolie orientale et entra en lutte avec les Tatars, tribu turque qui lui infligea plusieurs défaites. C'est alors que Gengis Khan réussit à renverser la situation en imposant la domination mongole sur toutes les autres tribus. Curieusement, c'est le nom de Tatars (d'où celui de Tartares) qui est resté à l'ensemble de ces peuples nomades, y compris leurs vainqueurs, les Mongols.

La personnalité exceptionnelle de Gengis Khan mérite quelques remarques. On attribuait à son clan une origine supra-naturelle : il avait pour ancêtres… le Loup Bleu et la Biche Fauve, et son destin était décidé par le Ciel Supérieur ! Avec de telles racines, Temüjin, futur Gengis Khan, né vers 1160, ne peut avoir qu'un avenir illustre, que ses conquêtes confirmeront. C'est en 1206 qu'il prend le nom de Grand Khagan, ou Gengis Khan. Outre la soumission des tribus nomades précédemment évoquées, il va conquérir le nord de la Chine et prendre Pékin en 1215. Il meurt en 1227, mais l'avancée en Chine continue. Son petit-fils Kubilaï s'empare de la province du Yunnan en

1253, monte en 1260 sur le trône mongol et se fait ensuite nommer empereur de Chine, de 1276 à 1294. C'est à la cour de l'empereur mongol que vont se rendre les Polo.

La famille Polo

C'est dans ce XIIIe siècle riche d'échanges multiples, très international malgré les affrontements évoqués, que deux frères, Maffeo et Nicolas Polo, vont partir pour Constantinople. Tous deux se dirigent ensuite vers l'est, jusqu'à Boukhara, située sur la Route de la Soie. En 1265, ils sont conduits près de Kubilaï, empereur des Mongols, et présentés en tant que « Latins », un peu comme des bêtes curieuses. Les relations avec Kubilaï sont bonnes : ce dernier leur donne des sauf-conduits leur permettant de se rendre partout, ainsi qu'une lettre pour le pape de Rome, afin qu'ils aillent le trouver de sa part et reviennent accompagnés de « cent hommes savants à enseigner la religion et la doctrine chrétiennes ». Les Polo prennent donc le chemin de l'Italie et apprennent (en 1269) que le pape est mort. Deux ans vont s'écouler avant qu'un nouveau pape soit élu. Entre-temps, Nicolas Polo retrouve sa femme, qu'il avait laissée enceinte, et fait la connaissance de son fils, maintenant âgé… de quinze ans !
Ce fils n'est autre que Marco Polo que les frères Polo emmènent pour leur deuxième voyage. En 1271, les voilà donc repartis. Un nouveau pape a enfin été élu, Grégoire X. Au lieu des cent hommes demandés par Kubilaï, il ne leur accorde que deux moines craintifs, qui s'en retournent sur leurs pas dès leur arrivée à Saint-Jean d'Acre, en Palestine. Les Polo continuent cependant leur chemin et arrivent trois ans plus tard devant le Grand Khan. Ils s'intègrent de leur mieux et vont rester seize ans au service de Kubilaï, qui devient empereur de Chine en 1276. Du père et de l'oncle, nous ne saurons plus rien jusqu'à leur retour, Marco Polo centrant surtout son récit sur son propre séjour. Il apprend le mongol, est envoyé en mission dans le Yunnan (1277-1278), en ambassade à Ceylan (1284), puis au Viêtnam (1288). L'empereur employait couramment des étrangers à son service, pour aller inspecter ses provinces. Marco Polo a su aussi le séduire par ses récits, en lui parlant de tout ce qui lui semblait

étonnant, de la vie et des mœurs des habitants dans les différentes provinces traversées.

Après dix-sept ans de voyage, les Polo souhaitent regagner leur pays. L'occasion se présente en 1291 : le souverain mongol de Perse souhaite qu'on lui amène une nouvelle épouse, originaire de Chine comme la première. L'itinéraire terrestre est impraticable ; Marco Polo, seul, connaît la voie maritime : il accompagnera donc la princesse. C'est finalement en 1295, presque vingt-cinq ans après leur départ, que les Polo reviennent à Venise. On aura du mal à les reconnaître et c'est lorsqu'ils montreront quelques-unes des pierreries cachées dans la doublure de leurs vêtements qu'on voudra bien croire à leur périple. Marco Polo, âgé de quarante et un ans, se marie, vit dans l'aisance et a trois filles. Sa vie, riche en péripéties, se terminera en 1324.

En 1298, alors qu'un nouveau conflit oppose Gênes et Venise, Marco Polo est fait prisonnier. Il partage la cellule de Rusticello de Pise, écrivain de cour, qui s'exprime en ancien français. Marco Polo lui dicte de mémoire ses impressions de voyage. Il les complétera par la suite. C'est ainsi que naît *Le Devisement du monde* ou *Livre des Merveilles*.

Le récit de voyage de Marco Polo

Le livre de Marco Polo se présente comme le témoignage d'un homme désireux de communiquer son émerveillement et son étonnement devant un monde si différent du sien.

Son « devisement » du monde est un gigantesque état des lieux de la terre, dont il étudie la géologie, les climats, la faune et la flore. Il s'intéresse aux différents aspects de la géographie humaine : nourriture, mœurs, rites et croyances. Chaque fois qu'il le peut, il renseigne le lecteur en prenant soin de distinguer ce qu'il a vu et ce qu'on lui a rapporté, car il n'a pas toujours été témoin de ce qu'il décrit. Il analyse, il compare, il s'étonne et rend parfois la réalité merveilleuse.

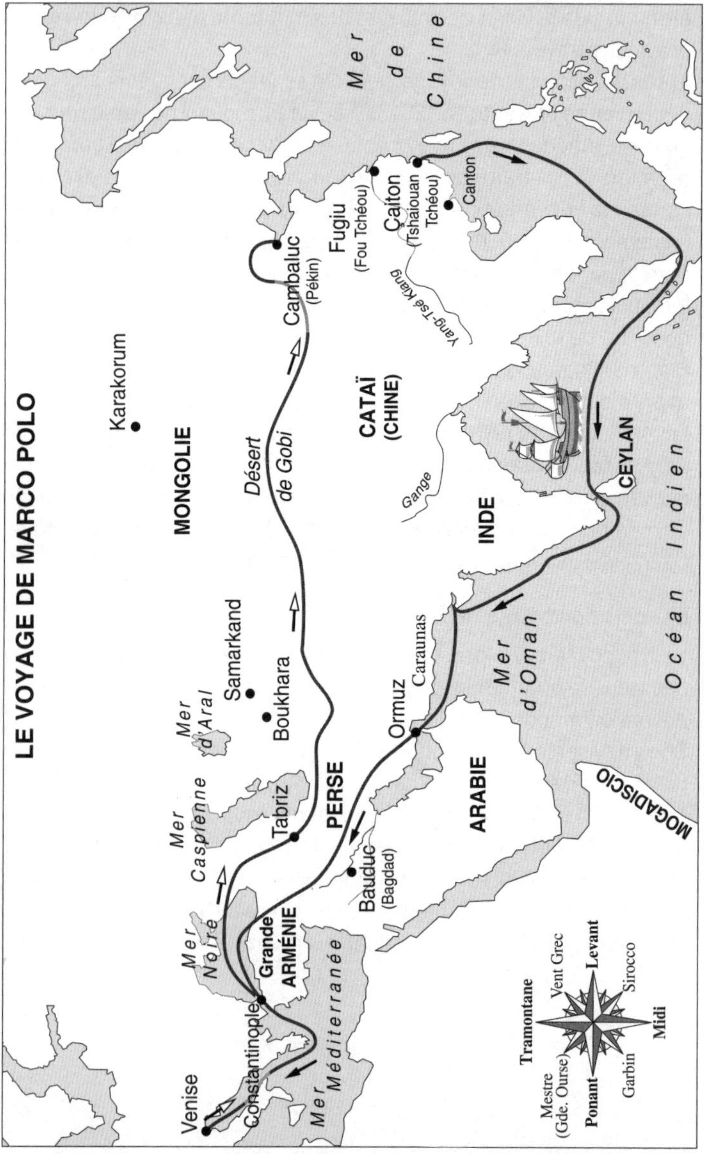
LE VOYAGE DE MARCO POLO
Venise
Constantinople
Mer Méditerranée
Mer Noire
Grande ARMÉNIE
Mer Caspienne
Tabriz
PERSE
Bauduc (Bagdad)
Mer d'Aral
Boukhara
Samarkand
Karakorum
MONGOLIE
Désert de Gobi
Cambaluc (Pékin)
CATAÏ (CHINE)
Fugiu (Fou Tchéou)
Caiton (Tshaiouan Tchéou)
Canton
Yang-Tsé Kiang
Mer de Chine
Gange
INDE
CEYLAN
Ormuz
Caraunas
ARABIE
Mer d'Oman
Océan Indien
MOGADISCIO
Tramontane
Vent Grec
Levant
Sirocco
Midi
Garbin
Ponant
Mestre (Gde. Ourse)

Première partie

Le Livre des Merveilles

Marco Polo

Texte 1

Introduction

Ici commence l'introduction du livre qui est appelé « La description du monde »

Seigneurs, Empereurs et Rois, Ducs et Marquis, Comtes, Chevaliers et Bourgeois, et vous tous qui voulez connaître les différentes races d'hommes et la variété des diverses régions du monde, et être informés de leurs us et coutumes, prenez donc ce livre et faites-le lire ; car vous y trouverez toutes les grandissimes merveilles et diversités de la Grande et de la Petite Arménie, de la Perse, de la Turquie, des Tartares et de l'Inde, et de maintes autres provinces de l'Asie Moyenne et d'une partie de l'Europe quand on marche à la rencontre du Vent-Grec[1], du Levant[2] et de la Tramontane[3], c'est ainsi que notre livre vous les contera en clair et bon ordre, tout comme Messire Marco Polo, sage et noble citoyen de Venise, les décrit parce qu'il les a vues de ses propres yeux.

Sans doute il y a ici certaines choses qu'il ne vit pas, mais il les tient d'hommes dignes d'être crus et cités. C'est pourquoi nous présenterons les choses vues pour vues et les choses entendues pour entendues, en sorte que notre livre soit sincère et véritable sans nul mensonge, et que ses propos ne puissent être taxés de fables.

Et quiconque en fera ou en entendra la lecture y devra croire, parce que toutes choses y sont véritables. Je peux bien vous le dire : depuis que Notre Sire Dieu a façonné Adam, notre premier père, et Ève avec ses mains et jusqu'aujourd'hui, oncques ne fut[4] Chrétien, Sarrazin[5], Païen, Tartare, Indien, ou autre homme de quelque sorte qui ait vu, connu ou étudié

1. Le vent du nord-est ; par extension, la direction nord-est. (Voir carte, p. 8.)
2. L'Est, l'Orient.
3. Le vent du nord ; le Nord.
4. Jamais, nulle part, il n'y eut.
5. Musulman.

autant de choses dans les diverses parties du monde, ni de si grandes merveilles, que ledit Messire Marco Polo ; nul autre n'y fit autant de voyages qui n'eut autant d'occasions de voir et de comprendre ; par le cours de sa vie, on peut comprendre et juger que ce noble citoyen est d'un esprit juste et excellent, puisqu'il fut toujours hautement apprécié des seigneurs et des princes. C'est pourquoi il s'est dit que ce serait grand malheur s'il ne faisait pas coucher par écrit toutes les grandes merveilles qu'il vit ou reçut pour vraies, de sorte que les autres gens, qui ne les ont ni vues ni connues, les sachent grâce à ce livre. En outre, je vous apprendrai qu'il demeura dans ces différentes régions et provinces bien vingt-six années entières, depuis le début de sa jeunesse jusqu'à l'âge de quarante ans.

Puis demeurant dans le donjon de Gênes par suite de la guerre, et n'aimant pas rester oisif[6], il pensa qu'il pourrait composer ledit livre pour le plaisir des lecteurs. Il n'avait consigné lui-même que bien peu des choses dont il a souvenir encore aujourd'hui ; c'est bien peu en regard de la vaste relation[7], et presque infinie, qu'il aurait pu faire s'il avait cru possible de revenir dans nos régions ; mais jugeant presque impossible de quitter jamais le service du Grand Kaan[8], roi des Tartares, il nota seulement quelques détails dans ses tablettes. À présent, il a fait écrire toutes ces choses en bon ordre à Messire Rustichello, citoyen de Pise, qui était avec lui dans le même donjon de Gênes, en l'an 1298 depuis la naissance de notre Seigneur et Maître Jésus-Christ.

Et il l'a divisé en trois parties[9].

Marco Polo, *Le Devisement du monde* (ou *Le Livre des Merveilles*), Paris, Phébus, 1996.

6. Désœuvré, inactif.
7. Récit, d'un voyageur en particulier.
8. Ou Khan : les souverains mongols à partir de Gengis Khan. Ici, il s'agit de Kubilaï Khan.
9. La première décrit les régions d'Orient jusqu'au royaume de Kubilaï. La deuxième a pour sujet le grand Khan et décrit des provinces chinoises. La troisième traite de l'Inde et de royaumes lointains.

Questions

Repérer et analyser

La situation d'énonciation

La situation d'énonciation est la situation dans laquelle est produit un énoncé : qui s'adresse à qui ? quand ? où ?

1 Où *Le Livre des Merveilles* a-t-il été écrit ? Dans quelles circonstances ?

2 Qui désigne les pronoms « je » (l. 38), « il » (l. 38) et « nous » (l. 18) ? Quelles informations ce texte fournit-il sur ces personnages ?

3 Qui le pronom « vous » (l. 4) désigne-t-il ?

Le contenu

Le récit de voyage se présente comme un témoignage vécu. L'auteur fait part de ce qu'il a vu lui-même (témoin oculaire) ou de ce qu'on lui a rapporté (témoin auriculaire).

4 Montrez en citant des expressions précises que Marco Polo rapporte ce qu'il a vu ou entendu.

5 Montrez en vous appuyant sur les champs lexicaux de la vérité et du mensonge que Marco Polo se présente comme un témoin sincère. Quel sens donnez-vous au mot « fable » ici (l. 21) ?

6 Quels sont les deux continents traversés par Marco Polo ? Lequel visite-t-il plus particulièrement ?

7 Relevez dans le texte : le nom de pays traversés ; les expressions qui évoquent les points cardinaux.

La visée

Dans un récit de voyage, le narrateur invite le lecteur à découvrir et imaginer un monde qu'il ne connaît pas. Il souligne le caractère merveilleux de ce qu'il a vu, c'est pourquoi il lui faut gagner la confiance du lecteur.

8 **a.** Combien de fois le mot « merveille » apparaît-il ici ? Précisez son sens. Quels adjectifs qualificatifs l'accompagnent à chaque fois ?
b. Quelle différence y a-t-il entre « grandes » et « grandissime » (l. 8) ?
c. Quel effet Marco Polo cherche-t-il à produire par ces expressions ?

9 Marco Polo pense que ses lecteurs peuvent apprécier son livre pour deux raisons. Lesquelles ? Citez le texte.

10 À partir de vos réponses, dites quelles sont les visées du *Livre des Merveilles*.

Étudier la langue

L'élision

L'élision consiste, dans une phrase, à sous-entendre un mot : un article le plus souvent, ou un pronom personnel, par exemple.

11 Quel mot est élidé dans « que ce serait grand malheur » (l. 34) ?
12 Cherchez d'autres exemples d'élision dans le texte ci-dessous.

Le superlatif

13 Citez des mots comportant le suffixe *-issime*.

Se documenter

Le destin de Marco Polo

Le Grand Khan, de son vrai nom Kubilaï Khan, est le petit-fils de Gengis Khan. Souverain mongol, il devient ensuite empereur de Chine. Au terme de son périple par terre, Marco Polo est engagé à son service pour accomplir des missions dans différentes provinces de Chine.

Pour lors advint que Marco, le fils de Messire Nicolo, apprit les coutumes et usages des Tartares, leur langage, leurs lettres, si bellement que c'était merveille. Car je vous déclare en vérité qu'avant s'être écoulé long temps depuis qu'il vint en la Cour du Grand Seigneur[1], il savait plusieurs langues[2] et quatre écritures et lettres, en telle sorte qu'il pouvait lire et écrire fort bien en ces langages ; il était sage et prudent outre mesure, et le Grand Kaan lui voulait plus qu'à nul autre grand bien pour le bon naturel qu'il voyait en lui et pour sa grande valeur. Et lorsque le Grand Kaan vit que Marco était si sage, il voulut éprouver sa prudence, espérant secrètement que Marco serait très capable d'obtenir ce qu'il désirait ; il l'envoie

1. Un des noms pour désigner Kubilaï.
2. Le persan, le mongol et sans doute le turc et l'arabe, en plus de l'italien, sa langue maternelle. (Ni lui, ni les empereurs mongols ne parlaient le chinois.)

messager à certaine importante affaire de rois dans une terre très lointaine, dans une cité nommée Caragian, où il peine à y aller en six mois. Le jeune bachelier[3] fait son ambassade avec sagesse et succès. Fourni de tout le nécessaire, il se mit en route pour aller, et fourni de tout le nécessaire, il revint vers le Seigneur. Et comme il avait plusieurs fois vu et ouï que le Grand Kaan, lorsque les messagers qu'il mandait[4] par les diverses parties du monde, quand ils retournaient vers lui et rendaient compte de la mission pour laquelle ils étaient partis, ne savaient pas lui donner d'autres nouvelles des contrées où ils étaient allés, il disait d'eux qu'ils étaient fous et ignorants et disait qu'il aimerait mieux ouïr[5] les nouvelles, les coutumes et les usages de ces pays étrangers, que les affaires pourquoi il les avait mandés, ainsi Marco, qui savait bien tout cela, quand il alla en cette messagerie[6], se fit très attentif aux nouveautés et toutes les choses étranges qu'il pouvait apprendre ou voir, afin de savoir les redire au Grand Kaan. Il emporta aussi bien des choses curieuses, qui plurent grandement au Seigneur.

Marco Polo, *Le Livre des Merveilles*, chapitre XVI, « Comment le Grand Kaan envoya Marco pour son messager ».

14 **a.** Quelle image ce texte donne-t-il de Marco Polo ?
b. Comment se distingue-t-il des autres envoyés ? Que rapporte-t-il au Grand Khan que celui-ci n'a pas l'habitude d'entendre ou de voir ?
15 Récapitulez tout ce que vous avez appris sur Marco Polo.

S'exprimer

16 Vous avez vous-même déjà effectué un voyage. Donnez-en les circonstances, décrivez les lieux et racontez un moment en détail.

Enquêter

17 Qu'appelle-t-on les sept merveilles du monde ? Dressez-en la liste et dites dans quels pays elles se trouvent.

3. Terme ancien pour « jeune homme ».
4. Ordonner ; ici : envoyer en mission.
5. Entendre, apprendre.
6. Mission, ambassade.

Texte 2

La Grande Arménie

Marco Polo vient d'expliquer dans quelles conditions Le Livre des Merveilles *a été rédigé et quel en est le plan. Il raconte ensuite comment il s'est retrouvé au service du Grand Khan, puis reprend maintenant son récit au début du voyage qui l'a conduit jusqu'en Chine.*

Ci[1] devise de la Grande Arménie[2]

La Grande Arménie est une très grande province. Elle a partout le même langage, différent des autres provinces, mais elle s'accorde en toutes autres choses avec la Petite Arménie[3], bien qu'elle soit plus grande et par situation et par nombre de pays. Elle commence à une cité appelée Arçingan[4], où l'on fait les meilleurs boquerants[5] qui soient au monde, car ils sont très bons maîtres ouvriers. Là est le meilleur et le plus beau coton, et bien d'autres métiers sont exercés, qu'on ne peut énumérer ici. En cette ville, des eaux chaudes jaillissantes forment les bains naturels les plus beaux et les plus sains de toute la Terre. Les gens sont pour la plus grande part Arméniens, et sujets des Tartares. Il y a maints villages et bonnes cités. [...] Et je vous dis qu'en été y demeurent toutes les armées des Tartares du Levant parce que cette province a très bon pâturage en été pour leurs bêtes; et pour cela y demeurent les Tartares en été avec leurs bêtes, mais en hiver, ils n'y demeurent pas, à cause de la grande froidure de la neige qu'il y a ici outre mesure, ce pour quoi les bêtes ne pourraient vivre.

1. Ici.
2. Vaste région occupant le centre et l'est de la Turquie actuelle.
3. L'ancienne Cilicie au sud-est de la Turquie.
4. Actuelle Erzincan.
5. Coton fin et précieux, venant sans doute de Boukhara.

Et pour cette raison, les Tartares quittent ces régions en hiver et s'en vont en lieux chauds, là où ils trouvent de grandes herbes et bons pâturages pour leurs bêtes. [...]

Et encore, vous dirai qu'en le mitan[6] de cette Grande Arménie est l'arche de Noé, sur une grande montagne[7]. C'est vraiment une très grande et haute montagne, pareille à un cube, sur laquelle, ce dit-on, l'arche de Noé s'est posée, et de là vient que la montagne est appelée Mont de l'arche de Noé. Elle est si large et si longue qu'en deux journées n'en ferait-on le tour. Au sommet de la montagne y a toujours si grande quantité de neige que nul ne saurait aller jusqu'au sommet, parce que la neige ne fond jamais entièrement ; mais chacune se dépose sur l'autre, et ainsi s'accroît. Cette arche est de très loin visible, car très haute est la montagne sur laquelle elle se trouve, et il y a de la neige presque toute l'année ; en certain endroit, c'est comme s'il y avait une tache et une grande chose noire qu'on voit de très loin au milieu de ces neiges, mais de près, on ne voit rien du tout. Cette Arménie a maintes grandes et hautes montagnes et entre autres y a certaine montagne appelée Mont Baris, ou Mont Olympus[8], et cette montagne semble toucher le ciel. Et certains disent que beaucoup s'y sauvèrent des eaux du grand déluge. Dans ces parties l'arche de Noé est appelée la nef[9] du monde. Ils en parlent tout aussi peu que si point n'était là, à moins que des visiteurs ne demandent à son propos : alors ils en parlent, et disent que cette chose noire est la nef du monde. Mais sur les pentes devers[10] la plaine, grâce à l'humidité de la neige qui découle quand elle fond, la montagne est si grasse et abondante en herbe qu'en été tous les troupeaux de moutons d'alentour sont amenés sans exception de fort loin pour y séjourner. À quoi ne manquent jamais. En outre, grâce à la descente des neiges, un limon épais se forme sur la montagne.

6. Milieu, centre.
7. Le mont Ararat (5 165 m).
8. Mis pour Elbrouz, sommet du Caucase.
9. Navire, bateau.
10. En direction de, vers.

Et maintenant sur les frontières de l'Arménie devers le sud sont ces provinces: Mossoul, Mus, et Meridin, dont allons parler ci-dessous; et y en a moult autres qui seraient longues à raconter. Elle confine[11] donc devers le Midi et le Levant à une cité et un royaume appelés Mossoul [...]. Devers la Tramontane, elle confine aux Géorgiens, dont je vous parlerai également plus loin. Et sur cette frontière devers les Géorgiens, il y a une fontaine d'où sourd[12] une liqueur telle qu'huile, en grande abondance, tant que parfois un cent de grandes nefs y chargent aisément en même temps; point n'est bonne à manger, mais est bonne à brûler et pour oindre[13] les hommes et animaux galeux[14], et les chameaux pour l'urticaire et les ulcères[15]. Et viennent les hommes chercher cette huile de très loin, et toute la contrée à l'alentour ne brûle autre huile que celle-là.

Chapitre XXIII.

L'arche de Noé sur le mont Ararat. ***Le Livre des Merveilles*, début XVe siècle.**

11. Être voisin de.
12. Sortir de terre.
13. Frotter d'huile, enduire.
14. Atteint de la gale.
15. Plaie qui ne cicatrise pas.

Questions

Repérer et analyser

La situation d'énonciation

1 Dites quelle est la situation d'énonciation (voir la leçon, p. 12).

Les informations fournies

2 **a.** De quelle région est-il question dans le premier paragraphe ? Situez-la sur la carte, p. 8.
b. Quelles sont les informations données sur les Tartares ? Montrez, en vous appuyant sur les expressions qui expriment la cause et la conséquence (l. 10 à 14), que l'énonciateur fournit aussi une explication.
c. Quelle est la principale ressource de la région ?

3 Quelles informations sont-elles fournies sur les montagnes de la région dans le second paragraphe ?

4 À quel champ lexical appartiennent les mots « galeux », « urticaires », « ulcères » (l. 62) ? Quelle vertu semble attribuée à la « liqueur » dont il est question ligne 58 ? De quelle ressource naturelle s'agit-il ?

Le regard du narrateur

Le témoignage

5 Relevez les expressions qui montrent que Marco Polo s'appuie sur ce qu'il a vu ou entendu.

Le point de vue

Marco Polo observe les régions qu'il visite selon différents points de vue : en homme du Moyen Âge, imprégné de légendes, enclin au merveilleux ; en observateur critique ; en marchand.

6 Donnez, pour chacun de ces points de vue, des exemples précis.

7 Marco Polo affirme-t-il avec certitude que l'arche de Noé se trouve sur le mont Ararat ? Justifiez votre réponse.

8 Marco Polo déclare que la légende de l'arche de Noé intéresse peu les habitants du pays (l. 41 à 44). Pourquoi pense-t-il que l'évocation de cette curiosité intéressera pourtant ses lecteurs occidentaux ?

La description méliorative

Le récit de voyage comporte fréquemment des *descriptions mélioratives* : le narrateur cherche alors à donner une vision séduisante de la réalité.

9 Dans le deuxième paragraphe, par quels procédés le narrateur met-il en relief les dimensions exceptionnelles des montagnes ? Étudiez en particulier les adjectifs et les superlatifs, les adverbes, les répétitions, les comparaisons.

L'ellipse

Dans un récit de voyage, le narrateur peut faire allusion à ce qu'il a vu sans développer ses propos.

10 Relevez, au début du troisième paragraphe, une phrase particulièrement allusive. À quel mode le verbe est-il employé ? Justifiez ce mode.

La visée

11 En quoi cet extrait a-t-il une valeur documentaire ? Quel effet Marco Polo cherche-t-il à produire ?

Étudier la langue

Le vocabulaire

12 Recherchez dans l'introduction la définition du mot « devisement ». Récrivez le titre du texte (l. 1), en utilisant un synonyme du verbe *deviser* précédé d'un sujet.

L'inversion du sujet

13 « Très haute est la montagne » (l. 33) : cette tournure, peu naturelle aujourd'hui, est fréquente à l'époque de Marco Polo. Trouvez, dans le texte, trois autres exemples d'inversions.

L'élision (voir la définition, page 13)

14 Récrivez en français d'aujourd'hui :

- « si longue qu'en deux journées n'en ferait-on le tour » (l. 28) ;
- « tout aussi peu que si point n'était là » (l. 42-43).

Quels mots sont élidés ?

S'exprimer

15 Dans une courte description, vous faites découvrir à quelqu'un un produit courant dont vous expliquez les différents usages. Vous pouvez rédiger le texte sous forme de devinette.

Se documenter

L'arche de Noé

La légende de l'arche posée sur le mont Ararat figure déjà dans l'Ancien Testament. Noé, au moment du déluge, a fait monter dans sa nef chaque espèce animale. Dieu décide enfin d'arrêter les eaux.

Dieu se souvint de Noé, de toutes les bêtes et de tous les bestiaux qui étaient avec lui dans l'arche; il fit alors passer un souffle sur la terre et les eaux se calmèrent. Les réservoirs de l'Abîme se fermèrent ainsi que les ouvertures du ciel. La pluie fut retenue au ciel et les eaux se retirèrent de la terre par un flux et un reflux. Au bout de cent cinquante jours les eaux diminuèrent et, au septième mois le dix-septième jour du mois, l'arche reposa sur le mont Ararat. Les eaux continuèrent à diminuer jusqu'au onzième jour du dixième mois et les cimes des montagnes apparurent.

La Bible, Ancien Testament, traduction œcuménique, le Livre de Poche.

Les découvertes de Marco Polo

Des pierres qui brûlent

Marco Polo s'est émerveillé d'un combustible inconnu en Europe et connu en Arménie, à cette époque. Un peu plus tard, en Chine, la découverte du charbon (la houille) va également le surprendre.

Il est vrai que par toute la province du Catai[1], il y a une manière de pierres noires qui s'extraient des montagnes, et qui brûlent en faisant des flammes comme bûches: elles se consument tout entières

1. La Chine.

comme le charbon de bois. Elles tiennent le feu et produisent la cuisson mieux que ne fait le bois. Et vous dis même que si vous en mettez au feu le soir et les faites bien prendre, elles tiennent si bien le feu toute la nuit qu'on en retrouve le matin. Ces pierres, toutefois, ne font pas grandes flammes, sauf un peu au début, lorsqu'on les allume, et tout ainsi que le charbon de bois, qui demeurent au rouge et donnent grande chaleur. Et sachez qu'on brûle ces pierres par toute la province du Catai, bien qu'à la vérité, ils aient du bois en abondance pour faire des bûches ; mais telle est la multitude des gens, des étuves[2] et des bains publics qui sont continûment chauffés, que le bois n'y suffirait point, car il n'est personne qui n'aille à l'étuve et ne se baigne au moins trois fois la semaine, et, en hiver, tous les jours s'il se peut. Et tout noble ou riche homme a sa propre étuve à la maison, où il se lave, si bien qu'il n'y aurait jamais assez de bois pour tant de feux, mais ces pierres se trouvent en très grande quantité ; ils en brûlent donc en masse parce qu'elles valent mieux et coûtent moins que le bois, dont ils font ainsi grande économie. On ne s'en sert point pour bâtir des maisons, et même elles n'ont aucun autre usage que le feu.

Marco Polo, *Le Livre des Merveilles*, chapitre CV,
« Ci devise d'une manière de pierres qui se brûlent comme bûches ».

2. Bains de vapeur, comme dans les thermes romains.

Texte 3

Le calife de Bagdad

Baudac, située sur la rive gauche du Tigre, est l'ancien nom de Bagdad, capitale actuelle de l'Iraq. Les Abbassides, descendants de Mahomet, y régnèrent jusqu'en 1258. Le souverain de Baudac s'appelait le calife : il avait un pouvoir politique et religieux. Houlagou (Ulau), chef des Tartares du Levant, assiégea la ville et s'en empara le 10 février 1258. Cet extrait évoque la triste fin du calife.

Ci devise comment la grande cité de Baudac fut prise

Dans ces régions est une grandissime cité appelée Baudac, laquelle en Sainte Écriture[1] est appelée Suse. Différentes races de peuple y habitent, notamment Juifs, Païens et surtout Sarrazins ; là est le principal prélat[2], qu'on appelle Calife, de tous les Sarrazins du monde, tout juste comme à Rome est chef de tous les Chrétiens du monde. Certains sont chrétiens, et mauvais, et certains autres, en petit nombre, bons catholiques. On la dit si grande qu'un homme n'en peut faire le tour qu'en trois journées. Par la ville passe un fleuve très grand qui court à la mer devers le midi, et par ce fleuve l'on peut bien aller en la mer d'Inde ; un très grand nombre de marchands y vont et viennent sans cesse avec leurs marchandises. Et sachez que le fleuve est long, de Baudac à la mer d'Inde, de bien dix-huit journées, plus ou moins selon le courant de l'eau et le sens pris par les navires ; et les marchands qui veulent aller en Inde vont par ce fleuve jusqu'à une cité qui a nom Chisci[3], et de là ils entrent en la mer d'Inde. Je vous dirai encore que sur ce

1. La Bible.
2. Ecclésiastique d'un haut rang.
3. L'île de Qish, à l'entrée du golfe Persique.

fleuve, entre Baudac et Chisci, est une grande cité qui a nom Bassora[4]. Tout autour de la cité, dans de grands bois de palmiers, viennent les meilleures dattes du monde. En Baudac, on fait maintes sortes de draps d'or et de soie : ce sont *nascici*, *nac* et *cramoisi*[5] très richement ornés de poissons, bêtes et oiseaux. Et toutes les perles qui sont apportées en Chrétienté depuis l'Inde sont pour la plupart percées à Baudac. On y étudie en toutes sciences, et notamment la loi de Mahomet[6], la nécromancie, la physique, l'astronomie, la géomancie, la physiognomonie et la philosophie. Elle est la plus noble cité, et la plus grande qui soit en toutes ces régions.

Et sachez en outre pour vrai qu'au Calife de Baudac était le plus grand trésor d'or, d'argent, et de pierres précieuses qui se soit jamais trouvé aux mains d'aucun homme ; et finalement à cause de lui le Calife dut mourir de faim. Et vous dirai comment.

Il est vrai qu'environ l'an 1255 de la naissance du Christ, le Grand Sire des Tartares du Levant, qui avait nom Ulau, et qui était frère du Grand Sire qui maintenant règne, celui qui a nom Cublai[7], assembla une très grande armée de chevaliers et de piétons, tomba sur le Calife dans la cité de Baudac, l'assiégea, et finalement la prit de vive force. Et ce fut bien grande chose, car y avait en Baudac plus de cent mille chevaliers sans les hommes à pied. Quand il l'a prise et qu'il entre, il trouve au Calife une tour toute pleine d'or, d'argent et d'autres trésors, si pleine qu'autant ne fut oncques[8] vu en une seule fois en un lieu. Mais comme le Calife était ladre[9] et ne savait se pourvoir d'une armée suffisante, ni donner des présents aux chevaliers qu'il avait, il ne put ainsi échapper au désastre. Quand

4. Principal port de l'Iraq.
5. *Nascici et nac :* brocarts de soie. *Cramoisi :* vient de l'arabe *kirmiz*, nom de la cochenille qui servait à teindre les tissus en rouge. Ici, soie rouge.
6. Prophète de l'Islam, né à La Mecque au VIe siècle.
7. Une des appellations de Kubilaï Khan.
8. Jamais.
9. Avare.

Ulau voit ce grand trésor, il s'en émerveille grandement, croyant à grand'peine qu'il y eût tant d'or dans tout le monde ; et il mande le Calife et le fait venir devant lui. Puis lui dit : « Calife, dis-moi donc pourquoi tu as amassé tant de trésors ? Je m'émerveille grandement de ton avarice, et que tu étais si avaricieux que de refuser d'en distribuer ou donner aux chevaliers et à ton peuple. Et que devais-tu donc faire ? Ne savais-tu donc pas que j'étais ton ennemi, que je venais sur toi avec une grande armée pour te prendre, toi et ton pays, et te ravir ton héritage ? Et quand tu l'as su, pourquoi n'as-tu pas pris ton trésor, et ne l'as-tu pas donné aux chevaliers et aux soldats, pour te défendre, toi, et ta cité ? » Le Calife, effaré et terrifié, ne lui répond rien, parce qu'il ne savait que dire. Et donc Ulau lui dit : « Calife, tu ne dis rien ? Eh bien, puisque je vois que tu aimes tant le trésor, et que tu y voyais le soutien de ta vie, je m'en vais te montrer comme tu as bien jugé ; ce trésor si aimé de toi, je te le vais donner à manger ! » Il fit donc prendre le Calife, le fit mettre dans la tour du trésor et commande que rien ne lui soit donné à manger ni à boire. Et puis il lui dit : « Calife ! À présent mange du trésor autant que tu voudras, puisqu'il te plaît tant ; car jamais ne mangeras ou boiras autre chose que ce trésor. » Sur ce, l'a laissé en la tour où, voyant trop tard son erreur, et incapable d'obtenir nul soutien de son trésor, il mourut de faim comme un serf[10] au bout de quatre jours.

Chapitre XXV.

10. Esclave ; qui dépend d'un maître.

Repérer et analyser

Le récit de voyage mêle plusieurs formes de discours : discours descriptif (description des lieux, des personnages), informatif (informations fournies sur les coutumes, les ressources d'une région…), narratif (récit d'anecdotes), explicatif (explication de comportement…), argumentatif (expression d'un jugement).

Les informations

1 Quel est le nom du fleuve qui traverse la ville de Bagdad ?

2 Comment s'appelle le chef des Sarrazins (l. 5) ? le chef des chrétiens (l. 7) ? Donnez un terme plus moderne pour « Sarrazin ».

3 Relevez, parmi les principaux produits que l'on trouve à Bagdad, ceux qui se rapportent à la nourriture, aux tissus, aux bijoux.

4 Quelles sciences sont étudiées à Bagdad ? Cherchez leur définition dans un dictionnaire.

5 Montrez, en citant le texte, que Bagdad est à la fois carrefour de civilisations, capitale marchande et centre intellectuel.

Le discours narratif

6 Délimitez, en indiquant les numéros de lignes, le passage narratif de cet extrait. Qu'apporte-t-il au texte ?

7 Qui assiège Bagdad ? en quelle année ? Quel est son lien de parenté avec Kubilaï ?

8 Le calife est avare : relevez dans le texte deux adjectifs qualificatifs qui soulignent ce défaut.

9 Quelles sont, selon Marco Polo, les raisons qui expliquent la défaite du calife ? Qu'apprenons-nous sur la façon dont les souverains mènent la défense de leur territoire et suscitent le dévouement de leurs soldats ?

10 Quelle leçon Ulau (Houlagou) donne-t-il au calife ? Pourquoi est-elle cruelle ?

Le regard du narrateur

11 Comment, dans les lignes 30 à 33, Marco Polo excite-t-il la curiosité du lecteur avant d'entamer l'histoire du calife ? Quel paradoxe (contradiction) souligne-t-il ainsi ?

12 Quelles expressions emploie Marco Polo pour souligner l'aspect extraordinaire du trésor du calife ?
13 Dans cet extrait, quelles sont, selon le narrateur, les richesses réelles de Bagdad ? Quelles sont ses richesses légendaires ?

Étudier la langue

Une construction imitée du latin

Le latin exprime la possession à l'aide du verbe « être ».
Ex. : Un livre est à moi (j'ai un livre).

14 « Au Calife de Baudac était le plus grand trésor » (l. 30-31). Récrivez cette phrase en français moderne. Quels mots sont mis en valeur dans la phrase de Marco Polo ?

S'exprimer

15 Imaginez une autre fin à l'histoire du calife (à partir de la ligne 58).
16 À la manière de Marco Polo, décrivez une ville imaginaire en cherchant à susciter l'étonnement et l'admiration de votre lecteur.

Se documenter

La légende du roi Midas

Le roi Midas fut puni de sa cupidité par l'objet même de ses désirs : l'or. Midas avait un jour rendu service à Dionysos et le dieu, en échange, exauça son vœu imprudent : tout ce qu'il touchait se transformait en or… et il faillit en mourir de faim. Dionysos, compatissant, lui indiqua comment se délivrer du sortilège en se lavant dans le Pactole. Celui-ci, depuis lors, charrie des paillettes d'or.

L'histoire du roi Crésus

Ses grandes richesses (Crésus était le propriétaire de mines d'or, l'organisateur du commerce des ports égéens et fut le premier, semble-t-il, à battre monnaie d'or) et les faveurs qu'il accordait à l'hellénisme (l'entretien des temples) lui ont valu l'amitié admirative des Grecs, dont les récits plus ou moins légendaires d'Hérodote sont l'écho. Après une campagne militaire contre le Perse Cyrus qui tourna à son désavantage, Crésus périt, selon la légende, sur le bûcher devant sa capitale Sardes.

Une ville imaginaire

Voici un extrait du livre *Les Villes invisibles* d'un écrivain italien contemporain, Italo Calvino. Dans un dialogue imaginaire avec Kubilaï Khan, Marco Polo décrit à l'empereur une ville qui n'existe pas.

À quatre-vingts milles du côté du noroît, l'homme arrive à la ville d'Euphémie, où convergent à chaque solstice et chaque équinoxe les marchands de sept nations. La barque qui y accoste avec un chargement de gingembre et de coton appareillera la cale pleine de pistaches et de grains de pavots, et la caravane à peine déchargés ses sacs de noix de muscade et de raisin sec bourre déjà pour le retour ses bâts de rouleaux de mousseline dorée. Mais ce qui pousse à remonter les fleuves et traverser les déserts pour venir jusqu'ici, ce n'est pas seulement l'échange de marchandises que tu retrouves partout dans tous les bazars de l'empire du Grand Khan et au-dehors, mises en vrac à tes pieds sur les mêmes nattes jaunes, à l'ombre des mêmes rideaux chasse-mouches, offertes avec les mêmes soi-disant rabais. Ce n'est pas seulement pour vendre et pour acheter qu'on vient à Euphémie, mais aussi parce que la nuit, auprès des feux allumés tout autour du marché, assis sur des sacs ou sur des tonneaux ou bien étendus sur des piles de tapis, à chaque mot que l'on prononce – comme « loup », « sœur », « trésor caché », « bataille », « gale », « amants » – chacun raconte sa propre histoire de loups, de sœurs, de trésors, de gale, d'amants, de batailles. Et tu sais que durant le long voyage qui t'attend, quand, pour rester éveillé bercé par le chameau ou la jonque, tu te mets à faire défiler tes souvenirs personnels l'un après l'autre, ton loup sera devenu un autre loup, ta sœur une sœur différente, ta bataille d'autres batailles, en revenant d'Euphémie, la ville où s'échange la mémoire aux solstices et aux équinoxes.

Italo Calvino, *Les Villes invisibles*, Paris, Le Seuil, 1974.

Texte 4

Les Caraunas

Marco Polo traverse maintenant le sud de la Perse, c'est-à-dire de l'Iran actuel. La région est particulièrement fertile mais de cruels voleurs, les Caraunas, terrorisent les habitants. L'auteur lui-même en fait la douloureuse expérience, mais réussit à prendre la fuite.

Ci devise de la cité de Camadi[1]

La province de quoi nous commençons à parler est appelée Reobar[2]. Les fruits de celle-ci sont dattes, grenades, citrons, pommes du Paradis[3] et pistaches, et bien d'autres fruits qui ne viennent point en nos pays froids. Une infinité de tourterelles y vivent, à raison de tous ces fruits qu'elles trouvent à manger, et leur nombre ne saurait-on dire. Jamais les Sarrazins n'en mangent aucune, pour ce qu'ils[4] ne les aiment pas. On trouve aussi des faisans et bien d'autres oiseaux. Et en cette plaine se trouve une espèce d'oiseaux nommés francolins[5], qui sont très différents des francolins des autres pays, car ils sont de noir et blanc mêlés, et ont les pattes et le bec rouges. Les bêtes de ce pays sont aussi différentes de celles des autres. Je vous parlerai des bœufs en premier. Ces bœufs sont grandissimes et tous blancs comme neige. Ils ont le poil court et lisse, et cela advient à cause de la chaleur du lieu ; ils ont les cornes courtes et grosses, mais non aiguës, entre les épaules une bosse ronde, haute de deux palmes[6], qui ressemble à celle des chameaux. Ils sont la plus belle chose du monde à voir. Quand

1. Ville en ruine près de Kerimabad, au sud de l'Iran.
2. Pas d'identification précise. *Rudbar* en persan signifie « région arrosée par un cours d'eau ».
3. Sans doute un agrume : le *konar* iranien.
4. Parce qu'ils...
5. Sorte de perdrix.
6. Paumes (largeurs de main).

on les veut charger, ils se couchent tout comme font les chameaux, et quand on les a chargés, ils se lèvent et portent très bien leurs charges, qui sont très lourdes, car ils sont forts outre mesure. Il y a aussi des moutons grands comme des ânes, qui ont la queue si grosse et large qu'à mon jugement elle pèse bien trente livres et davantage. Ils sont blancs, moult[7] beaux et gras, et bons à manger.

Dans cette plaine, plusieurs villes, bourgs et villages ont des murs de terre épais et hauts, et de hautes tours pour se défendre de leurs ennemis, le peuple appelé Caraunas, qui est très nombreuse, cruelle et méchante race de voleurs qui vont courant le pays et faisant grand mal. Et pourquoi sont-ils appelés Caraunas, comme qui dirait dans notre langue « sang-mêlé » ? Parce que leurs mères étaient Indiennes et leurs pères Tartares. Et ces gens, lorsqu'ils veulent courir les pays et voler, ils font tout le jour devenir obscur comme la nuit par leurs enchantements, par œuvre diabolique ; si bien que nul n'y voit loin, et qu'on voit même à peine son camarade à son côté. Et depuis des lieux éloignés ils font durer cette obscurité sept journées sur toute la plaine, de sorte que nul ne peut se garder d'eux. Quand ils ont fait l'obscurité, connaissant le pays très bien, ils chevauchent en silence et très près l'un de l'autre ; et quelques fois sont bien dix mille de compagnie, telle fois plus, telle fois moins, et forment ainsi ligne si longue qu'ils emprisonnent toute la plaine où ils veulent voler : ainsi nul de ceux qu'ils trouvent hors de cité ou château ne leur peut échapper, ni homme, ni femme, ni bête, ni chose, sans être pris. Quand ils ont pris les hommes, ils occissent[8] tous les vieils[9] sans trace de pitié ; les jeunes, et les femmes, ils emmènent et vendent pour serfs et esclaves en d'autres lieux, de sorte qu'ils détruisent grandement le pays et l'ont rendu presque désert.

| **7.** Très. | **8.** *Occire,* en vieux français, signifie tuer. | **9.** Vieux, vieillards.

Ils ont un roi, appelé Négodar, homme de très grande vivacité d'esprit. Ce Négodar une fois alla à la cour de Ciagatai, seigneur d'une noble province et frère du Grand Kaan, et bien avec dix mille de ses gens, il demeura près de lui quelque temps, car Ciagatai était son oncle, et un très grand sire. Et tandis qu'il demeurait avec lui, ce Négodar réfléchit à part lui et fit grande félonie[10], et vous dirai comment. Il séduisit dix mille hommes d'armes de la meilleure brigade de Ciagatai, et un jour, il quitta son oncle, qui était en Grande Arménie, et s'enfuit avec les dix mille hommes de cheval de ses gens, qui étaient très cruels et félons [...]. Il entre en Inde par les confins[11] d'une province appelée Dilivar[12]. En ouragan il emporte une très noble cité qui aussi a nom Dilivar, demeure en cette cité avec son armée et prend le royaume à un roi qui avait nom Asidin Soldan, roi très grand et riche, lui étant tombé dessus à l'improviste. Et là, il commence à régner tranquillement.

Ainsi, les Tartares blancs commencèrent à se mêler aux femmes indiennes qui étaient noires, et eurent d'elles des fils qui furent appelés Caraunas, c'est-à-dire, dans leur langage, sang-mêlé. En arrivant à Dilivar, ils apprirent là les arts magiques et diaboliques par moyen desquels ils cachent la lumière du jour. Ainsi parfois font trente ou quarante jours à cheval, ordinairement vers Reobar, parce que tous les marchands qui viennent commercer à Curmos[13], jusqu'à ce qu'ils apprennent qu'arrivent les marchands qui viennent de l'Inde, envoient en hiver leurs mules et chameaux, devenus maigres par la longueur du voyage, dans la plaine de Reobar, où, par l'abondance de l'herbe, ils redeviennent gras. Ces Caraunas n'attendent que cela, arrivent, emportent tout, prennent les hommes et les vendent. Toutefois, les laissent aller s'ils peuvent payer rançon. C'est là que Négodar demeure avec ses gens,

10. Traîtrise.
11. Frontières, limites.
12. Actuellement : Delhi.
13. Ormuz, île iranienne du golfe Persique.

et est en région si forte qu'il ne redoute personne. Il fait la guerre à tous les autres Tartares qui demeurent autour de son royaume.

Maintenant je vous ai conté de cette plaine et des gens qui y font venir l'obscurité pour dérober. Je vous dis que Messire Marco Polo lui-même faillit bien être pris et occis par ces gens en cette obscurité par cette plaine, mais il s'enfuit à grande vitesse dans un village proche nommé Canosalmi[14], aucuns[15] de ses compagnons furent pris et vendus, et certains occis, de sorte que sept seulement s'échappèrent avec lui. Si vous l'ai-je dit juste comme il advint. Maintenant, vous conterons autres choses.

Chapitre XXXVII.

| **14.** Village détruit, proche de Vakilabad (Iran). | **15.** Quelques-uns.

Questions

Repérer et analyser

La situation d'énonciation

1 À quelle personne est le pronom par lequel le narrateur se désigne dans le premier paragraphe ? Et dans le dernier ? À quelle personne est le pronom utilisé pour désigner Marco Polo (l. 85 à 93) ?

2 Compte tenu de ce que vous savez sur la rédaction de l'ouvrage (voir l'introduction, page 4), comment expliquez-vous ces variations ?

Le discours descriptif

3 **a.** Quelle est la religion décrite dans le premier paragraphe ?
b. Quels sont les éléments décrits ? Relevez les termes qui les caractérisent. Sont-ils mélioratifs ou péjoratifs ?

Le discours narratif

4 Relevez tous les termes caractérisant les Caraunas (l. 27 à 50). Quels sont les agissements des Caraunas ? Aux lignes 44 à 46, relevez les termes négatifs accumulés. Quel effet est ainsi obtenu ?

5 Dans quelle proposition est exprimée la conséquence de ces agissements sur le pays de Reobar (l. 46 à 50) ? Par quel mot se termine le deuxième paragraphe ? Justifiez le choix de ce terme.

6 En quoi le comportement du roi Négodar représente-t-il parfaitement son peuple ?

Le regard du narrateur

Les comparaisons

Dans un récit de voyage, le narrateur utilise de nombreuses comparaisons qui font référence au monde connu du lecteur afin qu'il se représente au mieux la réalité décrite. Le comparé (élément que l'on compare) est l'élément inconnu, le comparant (élément auquel on compare) est l'élément connu.

7 À quoi les bœufs et les moutons sont-ils comparés ?

La découverte d'un monde différent

8 Relevez lignes 2 à 26 tout ce qui souligne l'étonnement de Marco Polo devant une civilisation différente de la sienne.

9 À quel jardin merveilleux peut faire penser la province de Reobar ? Justifiez votre réponse par des citations.

10 Marco Polo présente l'arrivée des Caraunas comme un événement merveilleux. Appuyez-vous sur le champ lexical de la magie.

11 Qui, selon Marco Polo, inspire aux Caraunas leurs si mauvaises actions ? Cette accusation est-elle grave au Moyen Âge ? pourquoi ?

Le récit d'un témoin

12 Relevez quelques expressions qui marquent la présence du narrateur (l. 2 à 26). Pensez-vous pouvoir croire tout ce que raconte Marco Polo ici ? Justifiez votre réponse.

13 Qu'est-il arrivé à Marco Polo ? Quelle conduite a-t-il adopté face aux voleurs avec des procédés magiques ? Comment s'en tire-t-il ? Que pensez-vous de sa conduite ?

La visée

14 Quelle est la visée du passage descriptif (l. 1 à 26) ? et du passage narratif ?

S'exprimer

15 Un des hommes de Marco Polo, bien des années plus tard, raconte à sa famille le moment où les Caraunas attaquent l'escorte. Il mêle récit et description ainsi que certaines répliques, dont il se souvient, échangées entre Marco Polo et les siens.

16 Il vous est certainement déjà arrivé d'avoir peur. Votre récit ménagera un suspense ; vous direz, avec le recul, si cette peur était justifiée.

Enquêter

17 En gardant l'idée que les Caraunas pourraient être les ancêtres des Tziganes, retracez le parcours de ces derniers à partir de l'Inde jusqu'à l'Europe.

18 Exposé : quels peuples nomades connaissez-vous ? Que savez-vous de leur mode de vie ?

Texte 5

Les Tartares

Marco Polo est maintenant arrivé en Chine. La description s'interrompt pour évoquer l'histoire des Tartares et le rôle de Gengis Khan, grand-père de Kubilaï. L'auteur s'arrête aussi sur la religion, les coutumes et le caractère des Tartares, peuple nomade d'une endurance exceptionnelle.

Ci devise du dieu des Tartares et de leur loi

Et sachez à présent que leur loi est telle. Ils disent qu'existe un grand, sublime et céleste Dieu dont chaque jour, avec encensoir et encens, ils ne demandent rien d'autre que bon entendement et santé. Car ils ont un dieu qu'ils appelle Natigai[1], dont ils disent que c'est un dieu terrien qui garde leurs femmes, leurs fils, leurs bêtes et leurs grains. Ils lui font grande révérence[2] et grand honneur, et chacun le tient en lieu honorable en sa maison. Car ils font ce dieu de feutre et de drap, et croyant qu'il a femme et fils, ils font aussi de drap une féminine image, disant que c'est la femme du dieu ; et font d'autres petites images, et disent que sont ses fils. La femme du dieu, ils mettent à main gauche et les fils devant, qui semblent lui faire révérence ; ils les tiennent tous décemment couverts et leur rendent assez d'honneurs. Et quand viennent à déjeuner ou souper, d'abord prennent un peu de la chair grasse et oignent[3] la bouche à ce dieu, à sa femme et à ses fils ; et puis prennent du bouillon pour leur laver la bouche et en répandent en leur honneur dehors la porte de la maison ou chambre où se tient ce dieu, pour les autres esprits. Et quand

1. Divinité mongole figurant à la fois le ciel et la terre. Elle est aussi appelée Itoga.
2. Respect, vénération.
3. Enduire.

ils ont fait cela, ils disent que leur dieu et sa famille ont eu leur part. Après, ils mangent et boivent le demeurant comme il leur plaît. Car sachez qu'ils boivent le lait de jument, mais vous dis qu'ils savent aussi le préparer en telle manière qu'il semble vin blanc et est très bon à boire, et ils l'appellent en leur langue *chemis*[4]. Leurs vêtements sont tels : les hommes riches et nobles se vêtent de drap d'or et de drap de soie et sous le manteau, de fourrures de zibeline et d'hermine, de vair et de renard, et de toutes sortes de pelleteries très richement ; et toutes leurs parures et robes bordées de fourrure sont très belles et de grosse valeur.

Leurs armes sont des arcs et flèches, épées et masses ferrées, et quelques lances et haches, mais ils se servent de l'arc plus que de toute autre chose, car ils sont extrêmement bons archers, les meilleurs du monde, et dépendent fort de leurs flèches depuis tout enfant. Sur leur corps portent une armure en cuir de buffle ou d'autre animal très épaisse, et c'est du cuir bouilli très dur et résistant.

Ils sont bons hommes d'armes et fort preux[5], et font peu de cas de leur vie qu'ils exposent à tout risque sans aucun égard, et ils sont très cruels. Et vous dirai comment ils sont capables de faire plus que les autres hommes. Quand l'armée part pour la guerre ou pour toute autre nécessité, plus volontiers et bravement que le reste du monde ils se soumettent aux labeurs, et maintes fois, s'il le faut, l'homme ira ou demeurera tout un mois sans autre nourriture que le lait d'une jument et la chair des bêtes qu'il tuera avec son arc. Et son cheval paîtra n'importe quelle herbe il trouvera au bord des pistes en marchant, tant qu'il n'a nul besoin de porter avoine, foin ou paille. Ils sont très obéissants à leur seigneur ; vous dis que s'il le faut, ils demeurent deux jours et deux nuits à cheval sans

4. *Koumis,* boisson traditionnelle des Mongols, faite avec du lait de jument fermenté.
5. Courageux.

descendre ; l'homme demeure toute la nuit sur le cheval, avec ses armes, il dort sur le cheval, et le cheval ira ce pendant paissant l'herbe qu'il trouve. Ce sont les gens au monde qui plus durement travaillent et supportent fatigue, font la plus faible dépense et se contentent d'un petit manger ; et voilà pourquoi mieux sont que d'autres pour conquérir cités, terres et royaumes. C'est ce qu'on a bien vu, et vous avez ouï et allez entendre en ce livre comment ces anciens serfs sont maintenant seigneurs du monde. [...]

Quand le seigneur, avec ses troupes, va conquérir les cités et royaumes, que ce soit en plaines ou en montagnes, il mande[6] toujours deux cents hommes à deux journées en avant pour observer les chemins et le pays, et il en laisse autant sur les côtés et les arrières, de sorte qu'ils ont des gardes dans les quatre directions. C'est pour que l'armée ne puisse être assaillie d'aucun côté qu'ils ne le sachent. Quand ils vont pour une longue route, ils n'emportent rien comme harnois, et notamment des choses pour dormir. Ils vivent la plupart du temps de lait, comme l'ai déjà dit ; de chevaux et juments y a environ dix-huit par homme, et quand un cheval est fatigué par la route, on en prend un autre en échange. Ils ne transportent pas de vivres, fors[7] une ou deux outres de cuir, là où ils mettent leur lait qu'ils boivent, et emportent chacun une petite pignate, c'est un pot de terre, là où ils cuisent leur viande. Mais s'ils n'ont pas ce pot quand ils trouvent aucun[8] animal, ils le tuent, en prennent le poitrail et le vident puis remplissent d'eau ; et la chair qu'ils veulent faire cuire ils la coupent en pièces et la mettent dans ce poitrail plein d'eau ; puis ils mettent au feu et laissent cuire ; et quand c'est cuit, ils mangent le chaudron de chair et tout. Ils ont aussi avec eux une petite tente de feutre sous laquelle ils demeurent quand il pleut.

6. Envoyer. | **7.** Sauf, à l'exception de. | **8.** Quelque, un.

Et vous dis une autre chose : quelque fois, quand il faut et que la presse d'une entreprise oblige à un long chemin en hâte, ils chevauchent bien dix journées sans nulle viande cuite et sans faire de feu, car la cuisson des aliments retarderait leur chevauchée ; ils se passent de fruits, et souvent, par besoin de vin ou d'eau, vivent du sang de leurs chevaux ; chacun pique une veine de son cheval, y colle sa bouche et boit du sang, jusqu'à en être rassasié ; et alors il l'arrête. Ils emmènent du sang avec eux, et quand ils veulent manger, ils prennent un peu d'eau, y versent un peu de sang, le laissent dissoudre et boivent. Ils ont encore du lait séché qui est solide comme pâte. On le dessèche comme suit : on le fait bouillir ; la crème qui flotte par-dessus, on la met en autre vaisseau et on en fait beurre ; car tant qu'elle demeure dans le lait, il ne peut être desséché. Mais alors on met le lait au soleil, et alors il est desséché. Lorsqu'ils vont en guerre, emportent environ dix livres de ce lait ; le matin en prennent un peu : chaque homme en prend une demi-livre, le met dans une petite gourde de cuir pareille à une bouteille, y verse de l'eau et agite avec un bâton ; et il l'emmène jusques à ce que le lait soit dissous en forme de sirop à force chevaucher ; ils le boivent au temps convenable, et c'est leur déjeuner.

Chapitre LXXI.

Questions

Repérer et analyser

La situation d'énonciation

1 Rappelez quelle est la situation d'énonciation (voir la leçon, p. 12).

Les informations fournies : les Tartares

Dans le *Livre des Merveilles*, Marco Polo fait œuvre d'ethnologue (qui étudie les peuples, leur mode de vie, leur culture, leur religion).

2 Comment les Tartares appellent-ils leur dieu ? Relevez les adjectifs qui le qualifient (l. 2 à 7). Que signifie l'expression : « Ils font ce dieu de feutre et de drap » (l. 9-10) ?

3 Quelles fourrures les Tartares utilisent-ils ? Comment les portent-ils ? Cherchez ce que sont une zibeline, une hermine, le vair (l. 28-29).

4 Que signifie le mot « pelleterie » (l. 29) ?

5 À quoi se limite essentiellement la nourriture des Tartares ? en particulier quand ils chevauchent longtemps ?

6 Quelles sont les différentes armes qu'ils utilisent ? Laquelle utilisent-ils le plus souvent ?

Les explications

7 « Voilà pourquoi mieux sont que d'autres pour conquérir cités, terres et royaumes… » (l. 56 à 58) : quelles explications Marco Polo fournit-il concernant la puissance des Tartares ?

8 Quels aspects de leur caractère et de leur physique Marco Polo fait-il ressortir ?

La visée

9 En quoi cet extrait a-t-il une valeur documentaire ?

10 Quelle image Marco Polo donne-t-il des Tartares ?

S'exprimer

11 Au cours d'un voyage ou dans d'autres circonstances, vous avez rencontré quelqu'un qui ne vivait pas comme vous. Présentez cette personne (en évoquant son mode de vie, ses vêtements, ses habitudes...), faites part de votre étonnement et dites en conclusion ce que vous a appris cette rencontre.

Se documenter

La pantoufle de Cendrillon

Le *vair*, fourrure précieuse, est l'homonyme de *verre*. Vous avez tous vu *Cendrillon*, le dessin animé de Walt Disney où la jeune fille perd une ravissante mule transparente : une pantoufle de *verre* ! C'est tout simplement que depuis plusieurs générations la confusion a été faite entre *vair* et *verre*. À l'origine, la pantoufle de Cendrillon était bien en fourrure, certainement plus douillette que son homonyme. Car essayez donc de chausser une sandale de cristal !

Les nomades de la steppe

Les nomades à cheval ont inspiré Nicolas Gogol, écrivain russe du XIXe siècle. Il a imaginé la vie des Cosaques dans un roman, *Tarass Boulba*, du nom de leur chef imaginaire. Voici une description des steppes qu'ils traversent.

Le soleil était haut dans le firmament et inondait depuis longtemps la steppe de ses rayons vivifiants. Tout ce qui leur pesait à l'âme s'envola, leurs cœurs prirent leur essor comme des oiseaux. À mesure qu'ils avançaient, la steppe devenait de plus en plus belle. À cette époque tout le midi, tout ce qu'on appelle aujourd'hui la Nouvelle Russie, jusqu'aux bords de la mer Noire, n'était qu'un désert verdoyant. La charrue n'avait jamais encore touché à ces espaces immenses ; seuls les chevaux qui s'y perdaient comme dans une forêt vierge les foulaient de leurs sabots. Rien dans la nature ne saurait être plus beau : c'était un océan de verdure couvert de millions de fleurs. Parmi les minces tiges des hauts herbages on apercevait des nuages entiers de campanules bleues et violettes ; le genêt dressait en pyramide sa jaune floraison ; des touffes de trèfle blanc parsemaient le sol ; un épi de blé, venu Dieu sait d'où, mûrissait dans l'ombre. Des perdrix, le cou tendu, se faufilaient parmi les tiges. L'air était rempli de mille sifflements d'oiseaux. L'épervier, les ailes étendues, planait immobile dans le ciel fouillant des yeux la plaine. Les cris d'une nuée d'oies sauvages étaient renvoyés par quelque lac lointain. Une mouette des steppes se levait parfois à coups d'ailes mesurés, se baignait mollement dans l'azur, puis s'éloignait, n'apparaissant plus que comme un point noir à l'horizon, pour se retourner une dernière fois dans un éclair de blancheur… Ah ! par le démon, steppes, que vous êtes donc belles !…

Nicolas Gogol, *Tarass Boulba*, traduit par H. de Witte, DR.

Scène familiale sous la yourte. Gravure de Nitschmann, 1776.

Texte 6

Le palais d'été du Grand Khan

Les quatre textes qui suivent sont à la gloire de Kubilaï Khan. Dans le premier, Marco Polo s'émerveille de la splendeur du palais impérial. Puis, se livrant au portrait de l'empereur, il en célèbre le physique harmonieux et évoque son impressionnante famille. Lors de la fête blanche, il nous donne un aperçu des fastes de la cour et en même temps de sa complexité. Enfin, en insistant sur les dons d'organisateur du Grand Khan, Marco Polo décrit ce qu'ignorait alors l'Occident: l'usage du papier monnaie.

Ci devise de la cité de Ciandu et du merveilleux palais du Grand Can

Et quand on est parti de la cité que je vous ai nommée et qu'on s'en va trois journées, on trouve une cité qui est appelée Ciandu[1], que le Grand Can, qui maintenant règne et qui a nom Cublai Kaan, a fait bâtir en ce lieu. En cette cité Cublai Kaan a fait bâtir un vaste palais de marbre et d'autres nobles pierres habilement travaillées, dont un bout est au milieu de la cité, et l'autre sur sa muraille. Les salles, chambres et corridors en sont tout dorés et bellement peints en dedans de fresques et images de bêtes et d'oiseaux, d'arbres et de fleurs, et de bien d'autres choses, si habilement que c'en est délice et merveille à voir. À partir de ce palais est construite une seconde muraille qui, dans la direction opposée au palais, aboutit d'un côté au mur de la ville, près du palais, et de l'autre côté à l'autre

1. Également appelée Chemeinfu par l'auteur. Capitale d'été des Yuan, au centre de la Mongolie.

bout d'icelui, et qui, en ses seize milles[2] de tour, renferme une plaine de telle sorte qu'à moins de partir du palais, on n'y peut pénétrer ; et elle est fortifiée comme un castel ; en quelle plaine sont fontaines et rivières d'eau courante et de belles prairies et bosquets[3]. Le Grand Can y tient toute sorte de bêtes sauvages non féroces, cerfs, chevreuils et biches, pour donner à manger aux faucons et gerfauts[4], qu'il tient en mues[5] en ce lieu ; et y a plus de deux cents gerfauts sans les faucons. Il vient en personne voir dans les cages au moins une fois la semaine. Et souventes fois le Grand Can va chevauchant dans ce parc enclos de murs, ayant en croupe un léopard apprivoisé, et quand il veut, il laisse aller le léopard et prendre une de ces bêtes, daim, cerf ou chevreuil, et la fait donner aux faucons et gerfauts qu'il tient en mues. Ainsi fait souvent pour son plaisir et amusement. Et certes, ce lieu est si bien entretenu et orné que c'est une très noble chose de grand agrément.

Et sachez encore qu'au milieu de ce parc environné de murs, là où se trouve le joli bosquet, le Grand Can a fait pour son habitation un grand palais tout de bambou sur de beaux piliers dorés et vernis ; et au sommet de chaque pilier est un grand dragon tout doré qui enroule sa queue autour du pilier et soutient le plafond de sa tête, et il écarte aussi les bras, le droit pour soutenir le plafond et le gauche pour la même chose. Tout est doré en dedans et dehors et peint de bêtes et d'oiseaux très habilement travaillés. Le toit aussi est tout de bambous dorés et vernis si épais que l'eau ne les peut gâter[6], et que les peintures ne peuvent être délavées. C'est la plus merveilleuse chose du monde à entendre pour qui ne l'a point vue. Et vous dirai comment il est fait de bambous.

2. Ancienne mesure valant mille pas chez les Romains ; fixée à 1 852 m pour un mille en termes de marine.
3. Groupe d'arbres ou d'arbustes.
4. Faucon à plumage clair.
5. Ici : grandes cages à claire-voie.
6. Pourrir.

Sachez en vérité que ces bambous sont gros de plus de trois palmes, et longs de dix à quinze pas. On les tranche par le milieu de chaque nœud, puis on les fend en deux en long par le milieu, et ainsi on fait une tuile ou plutôt, on en fait à chaque fois deux. Des bambous les plus épais et les plus grands on fait piliers, poutres, cloisons et moult autres pièces, et l'on peut couvrir une maison entière. Ainsi est ce palais du Grand Can tout entier fait de bambous. Chaque tuile est fixée avec des clous pour s'engarder du vent ; et ils les joignent si bien ensemble qu'elles protègent la maison de la pluie et font couler l'eau vers le bas. Et de plus le Grand Can a fait son palais bâtir de telle sorte que sans peine il peut le faire démonter et porter là où il veut ; et quand il est rebâti, plus de deux cents fortes cordes de soie le maintiennent tout autour comme une tente parce qu'en raison de la légèreté du bambou, le vent le jetterait par terre.

Et vous dis que le Grand Can demeure là trois mois de l'année : juin, juillet et août, tantôt dans le palais de marbre, tantôt dans celui de bambou, et c'est pour échapper à la chaleur brûlante, car l'air y est plus frais et tempéré qu'en autres lieux. Et pendant ces trois mois que vous avez ouï, le Grand Can tient le palais dressé, mais dès qu'il s'en va, il le fait démonter, et tous les autres mois de l'an, le garde en morceaux et paquets.

Quand arrive le vingt-huitième jour de la lune du mois d'août, le Grand Can quitte chaque année cette cité de Ciandu et son palais, et vous dirai pourquoi. Vrai est qu'il a un haras de chevaux et de juments blancs comme neige sans nulle autre couleur et qui sont en grand nombre, soit plus de dix mille juments. Et en outre il a un grand nombre de vaches très blanches. Le lait de ces juments blanches, nul au monde n'oserait en boire, fors le Grand Can et ses descendants, ceux qui sont du lignage[7] d'empire. [...]

7. Famille.

Palais d'été de Yuang Ming. Dessin chinois.

Et vous dis que quand ces bêtes blanches vont paissant par prés et forêts, et passent sur quelque route où un homme désire passer, on les tient en si grande révérence que non seulement le peuple ordinaire, mais aussi un grand seigneur et baron, n'oserait pour rien au monde passer au milieu du troupeau, mais attend qu'elles aient toutes défilé et qu'elles soient parties à bonne distance. Tous leur cèdent le chemin et font tout leur possible pour leur plaire et, comme je vous ai dit, les respectent non moins que si c'était leur propre maître.

Les astrologues des Idolâtres[8] ont dit au Grand Can qu'il doit répandre en l'air et sur la terre un peu de lait de ces juments

8. Païens qui vouent un culte à une divinité. Ici, désigne les bouddhistes.

blanches le vingt-huitième jour de la lune d'août de chaque année, pour que tous les esprits qui vont par l'air et par la terre en aient à boire s'il leur plaît, afin que, pour cette charité, les esprits et idoles protègent tous ses biens et que ses affaires prospèrent, ses hommes, ses femmes, ses bêtes, ses oiseaux, ses récoltes et toutes autres choses qui poussent de la terre.

De là vient que le Grand Can quitte son parc au mois d'août et va en autre lieu, pour faire de sa main le sacrifice du lait à ses dieux. Le jour de la cérémonie, du lait de jument est préparé en grande quantité dans des coupes de fête, et le roi en personne en verse ici et là en abondance en honneur de ses dieux. Et les astrologues disent que les dieux boivent le lait versé. Et après le sacrifice, le roi boit du lait de ses juments blanches. Ainsi ce rite est solennellement observé le vingt-huit août à tout jamais.

Mais vous dirai encore une merveille que j'avais oubliée. Sachez donc que quand le Grand Can demeure en son palais où il reste trois mois de l'année, et qu'il y a pluie, brouillard ou mauvais temps, il a près de lui de sages astrologues et enchanteurs qui vont sur le toit du palais et, par leur science et incantations[9], ordonnent à tous les nuages, à la pluie et au mauvais temps de s'en aller d'au-dessus du palais ; si bien qu'au-dessus du palais n'y a point mauvais temps, que jamais goutte d'eau n'y tombe, et que l'intempérie[10] s'en va autre part ; oui, si parfaitement : la pluie, la tempête et l'orage tombent tout alentour, mais rien ne touche le palais.

Chapitre LXXVI.

9. Paroles magiques pour produire un effet : faire venir ou chasser la pluie, par exemple.
10. Le mauvais temps.

Questions

Repérer et analyser

La situation d'énonciation

1 Rappelez la situation d'énonciation (voir la leçon, p. 12).

Le discours descriptif

Le premier palais

2 Dans quelle ville le palais du Grand Khan se trouve-t-il ?

3 Relisez les lignes 1 à 31 : relevez les mots et expressions qui caractérisent le palais du Grand Khan : quels sont les matériaux utilisés ? Quels éléments décorent les pièces ?

Le parc

4 Quelles sont les deux catégories d'animaux que contient le parc ? À quelle pratique s'adonne le Grand Khan ?

Le palais de bambou

5 Où se trouve le palais de bambou par rapport au premier ? Faites un schéma simple des deux palais et des murailles.

6 Citez les particularités de cette architecture de bambou. Par quoi est-elle retenue au sol ?

7 Quelle est la couleur dominante utilisée pour décorer ce palais ? Quels sont les motifs qui ornent les pièces ?

Un personnage : le Grand Khan

8 Relevez dans l'ensemble de l'extrait quelques indices lexicaux et grammaticaux qui montrent la richesse du Grand Khan : lexique des matières précieuses, marque de pluriels, emploi du déterminant possessif, précisions numériques…

9 À quoi le Grand Khan s'occupe-t-il (l. 20 à 31) ?

10 Quelles sont les habitudes de vie du Grand Khan ? Citez le texte.

11 Quelles particularités le troupeau de vaches du Grand Khan présente-t-il ?

Le regard du narrateur

12 Marco Polo a présenté son livre comme « sincère et véritable » (texte 1, l. 19-20, p. 10). Quelles expressions ou éléments du texte illustrent ici cette déclaration ?

13 « Mais vous dirai encore une merveille que j'avais oubliée » (l. 102) : recensez les merveilles évoquées dans le texte.

Étudier la langue

Le vocabulaire

14 Que signifie le mot « castel » (l. 18) ? Donnez un synonyme plus courant aujourd'hui. Cherchez d'autres mots de la même famille.

15 Remplacez les mots « icelui » (l. 16), « quelle » (l. 18), « moult » (l. 50), par leurs équivalents modernes. Cherchez dans un dictionnaire l'étymologie de « moult ». Dans quelle mesure vous éclaire-t-elle sur le sens du mot ?

Les mesures de distance

16 Relevez les mots ou expressions qui servent à indiquer les distances ou mesurer les longueurs dans les trois premiers paragraphes. Sont-ils encore en usage aujourd'hui ?

S'exprimer

17 Dans son carnet de voyage, Marco Polo décrit avec soin une pièce du palais – de pierre ou de bambou – qui l'a particulièrement frappé. Reproduisez ces pages en utilisant le vocabulaire le plus varié possible.

Enquêter

18 Qu'appelle-t-on la Cité interdite à Pékin (Beijing) ? Trouvez des documents qui s'y rapportent.

Se documenter

Les découvertes de Marco Polo

Les plats qui volent

Voici un autre exemple des pouvoirs extraordinaires des magiciens, appelés *bacsi*, qui entourent le Grand Khan : le service, à table, est… aérien !

Vous pouvez encore savoir très véritablement que ces bacsi, qui savent de tels enchantements, entre autres font telle merveille comme je vous dirai. Quand le Grand Can est assis, pour dîner ou souper, dans sa grand'salle, à sa grand'table, laquelle, placée à part pour le repas du Seigneur, a plus de huit coudées de haut, et que les coupes d'or sont sur une table au milieu du carrelage, de l'autre côté de la salle, à bien dix pas de la table du seigneur, pleines de vin, de lait et autres bons breuvages, tant font par leurs enchantements et sciences ces sages enchanteurs qui sont nommés bacsi, que ces coupes pleines se soulèvent et d'elles-mêmes s'en vont par l'air se présenter devant le Grand Can lorsqu'il veut boire, sans que nul ne les touche. Et lorsqu'il a bu, ces coupes reviennent à la place d'où elles étaient parties. Et ce le font parfois devant dix mille personnes qui regardent, et devant tous ceux à qui le seigneur veut le faire voir. C'est chose vraie, digne de foi, sans nul mensonge, car elle a lieu chaque jour à la table du seigneur. D'ailleurs vous dirai que les sages hommes de notre pays qui savent la nécromancie affirment que c'est chose faisable.

Marco Polo, *Le Livre des Merveilles*, chapitre LXXVI.

Texte 7

À la cour du Grand Khan

Ci devise de l'aspect du Grand Can

Le grand seigneur des seigneurs qui est appelé Cublai Kaan est tel : il est de belle taille, ni petit, ni grand, mais de taille moyenne. Sa charnure[1] est bien répartie, ni trop grasse, ni trop maigre ; il est très bien constitué de tous ses membres. Il a son visage blanc et vermeil comme rose, ce qui lui donne un aspect très plaisant ; les yeux noirs et beaux, le nez bien fait et bien séant[2].

Il a quatre femmes qu'il tient toujours pour ses véritables épouses, et le fils aîné qu'il en a doit être de plein droit Seigneur de tout l'empire quand le Grand Can son père mourra. Elles sont appelées « Impératrice », mais aussi chacune par son nom. Et chacune de ces quatre dames tient une très belle cour royale dans son propre palais ; aucune d'elles n'a moins de trois cents demoiselles choisies pour leur gentillesse et leur beauté. Elles ont de nombreux valets eunuques[3] et maints hommes et femmes, si bien que chacune de ces dames a dans sa cour au moins dix mille personnes. [...]

Chapitre LXIII.

Ci devise des fils du Grand Can

Et sachez encore que le Grand Can, de ses quatre épouses, a eu vingt-deux enfants mâles. [...]

Et sachez aussi que le Grand Can a encore bien vingt-cinq autres fils de ses amies, lesquels sont bons et vaillants parce

1. Corpulence (c'est-à-dire la forme du corps).
2. Qui sied, qui va bien.
3. Hommes châtrés qui veillaient sur les femmes.

qu'il les a continûment exercés aux choses de la guerre, et chacun est un grand baron.

Et vous dis encore que, des fils qu'il a eus de ses quatre femmes, sept y a qui sont rois de sept vastes provinces et royaumes, et tous maintiennent leur seigneurie très bien en droit et en justice, car ils sont prud'hommes[4] et sages. Il est tout à fait raisonnable qu'ils soient vaillants seigneurs, car je vous dis que leur père, le Grand Can, est l'homme le plus sage et le mieux pourvu de toutes choses, le meilleur capitaine d'armée et le plus grand gouverneur de gens et d'empires, et un homme de plus grande valeur qu'il en fut jamais dans toutes les tribus des Tartares.

Or vous ai dit les faits du Grand Can, son apparence, ses épouses et ses amies et ses fils. Adonc vous deviserai à présent comment il tient sa Cour.

Chapitre LXXXIV.

Ci devise du palais du Grand Can

Sachez très véritablement que dans la maîtresse ville du Catai[5], qui est appelée Cambaluc[6], le Grand Can demeure trois mois de l'année, décembre, janvier et février. En cette ville il a, près de la partie nouvelle, du côté du Midi, son grand palais et vais vous le décrire. [...]

Les murs des salles des chambres sont tout couverts, à l'intérieur, d'argent et d'or et sont représentés en ciselure très fine des lions et des dragons, des bêtes et des oiseaux, de jolies histoires de dames et de chevaliers et bien d'autres sortes de belles choses et d'histoires de guerre. Le toit, lui aussi, est fait de telle sorte qu'on n'y voit rien qu'argent et or et que peintures. Sur chaque face du palais est un grand escalier de

4. Habiles, avisés. | 5. Ou Kathay : la Chine. | 6. Pékin (Beijing).

marbre, qui va du sol au haut de ce mur de marbre qui entoure le palais, et c'est par ces marches qu'on y monte.

La grand'salle est si large et si vaste que plus de six mille hommes y pourraient bien en même temps manger ; il y a quatre cents chambres, et c'est un tel nombre qu'on s'émerveille de voir. Ce palais est si grand, si beau, si riche et si bien disposé qu'il ne doit point y avoir au monde un homme capable de mieux imaginer ou faire. Les toits, en haut, vus du dehors, sont tout vermeil, vert, azur, bleu paon et jaune, enfin, de toutes les couleurs, et si bien vernissés qu'ils resplendissent comme cristal et qu'on les voit luire de bien loin à la ronde. Et sachez que ce toit est si fort et si solidement assemblé qu'il durera maintes années.

Derrière le palais sont de grandes maisons, chambres et salles où sont les affaires personnelles du Seigneur, tout son trésor, son or, son argent, ses pierreries, ses perles et sa vaisselle d'or et d'argent. Là demeurent ses dames et amies et a ses affaires bien arrangées et à sa guise ; et en ce lieu n'entrent point d'autres gens.

Chapitre LXXXV.

Questions

Repérer et analyser

La situation d'énonciation

1 Rappelez la situation d'énonciation (voir la leçon, p. 12).

Un personnage : le Grand Khan

Le portrait du Grand Khan

2 Relevez les mots et expressions qui caractérisent le Grand Khan. Quelle impression se dégage de son portrait ?

3 Quelles sont les qualités physiques et morales du Grand Khan ? Marco Polo fait-il du Grand Khan un portrait objectif ? Justifiez votre réponse en citant le texte.

La famille du Grand Khan

4 **a.** Combien le Grand Khan a-t-il d'épouses ? Quel titre porte chacune d'elles ?

b. Comment s'appelle le fait d'avoir plusieurs épouses ? Cherchez, à l'aide du dictionnaire, l'étymologie de ce mot.

5 Combien le Grand Khan a-t-il d'enfants de ses épouses ? et de ses amies ? Quels titres portent-ils quand ils sont adultes ?

6 Quel type d'éducation le Grand Khan donne-t-il à ses fils ? Pour quelle raison, selon Marco Polo, sont-ils de « vaillants seigneurs » (l. 30) ?

Le palais du Grand Khan

7 Relevez les noms des matériaux précieux utilisés dans la construction et la décoration du palais. Que représentent les ciselures sur les murs du palais (l. 46) ?

Le regard du narrateur

Les références au monde connu

8 Pour évoquer le Grand Khan et sa cour, Marco Polo utilise un vocabulaire propre à l'Occident, tel que le mot « seigneurie » (l. 28). Trouvez d'autres exemples, lignes 22 à 35.

L'énumération

L'énumération consiste à énoncer une série de termes de même nature et de même fonction.

9 **a.** Retrouvez les différentes énumérations qui concourent à décrire le palais (les décors des murs, les couleurs des toits, les richesses du Grand Khan).
b. Quel effet produisent ces énumérations ?

La description méliorative (voir la leçon, page 19)

10 **a.** Relevez tous les superlatifs utilisés dans les lignes 29 à 35. Que mettent-ils en valeur ?
b. Quel autre procédé de style utilise le narrateur pour mettre en valeur le palais du Grand Khan (l. 54 à 64) ?

La visée

11 Quel effet le narrateur cherche-t-il à produire chez le lecteur ?

S'exprimer

12 Vous avez visité un monument ou un site qui vous a ébloui. Décrivez-le en essayant de rendre les impressions qu'il a fait naître en vous.

Se documenter

Les découvertes de Marco Polo

À la table du Grand Khan

Quand le Grand Can se met à table dans sa grand'salle pour toute cour, fête ou réjouissance qu'il veut tenir, il se sied[1] de telle manière. La table du Grand Sire est placée bien au-dessus de toutes les autres. Il se sied dans la partie nord de la salle, le visage regardant vers Midi ; et sa première épouse se sied à sa gauche ; à sa droite,

1. Ancien verbe « seoir » signifiant s'asseoir.

à une autre table, mais plutôt plus bas, se tiennent ses fils et petits-fils selon leur âge, et ses parents qui sont de sang impérial ; et vous dis que leurs têtes viennent au niveau des pieds du Grand Sire. Puis les barons, princes et autres gens sont à d'autres tables encore plus bas, selon leur dignité, leur état et leur âge. Ainsi va-t-il pour les femmes : aux pieds de la première reine sont les tables des autres reines et des autres enfants, les plus jeunes, du Grand Can ; toutes les épouses des fils et petits-fils du Grand Sire et de ses neveux et de ses parents, sont assises du côté gauche de l'impératrice, également plus bas. Et après viennent les femmes des barons et des chevaliers, et aussi sont plus bas. Et chacun sait à quelle place il doit s'asseoir selon son rang et dignité de par l'ordre du Seigneur. Ces tables sont disposées de telle manière que le Grand Sire peut voir tout le monde… et ils sont très nombreux ! Pourtant ne croyez pas qu'ils soient tous assis à des tables ; bien au contraire : la plus grande part des chevaliers et des barons mangent dans la salle sur des tapis, parce qu'ils n'ont point de tables.

Et dehors de cette salle sont d'autres latérales ; adonc en ces banquets royaux sont quelques fois nourries plus de quarante mille personnes, outre celles qui sont parmi la Cour du roi, et qui toujours viennent en grand nombre pour chanter et faire divers ébattements[2]. Car y viennent bien des hommes avec maints riches présents, et ce sont hommes qui viennent de régions étrangères avec joyaux[3] et choses curieuses, ceux qui ont eu domaine ou seigneurie et qui encore en veulent, et d'innombrables bouffons[4]. Voilà pourquoi si grosse multitude se presse ainsi chaque fois que le Grand Can tient cour ouverte et fait bombance[5].

Marco Polo, *Le Livre des Merveilles*, chapitre LXXXVIII,
« Comment le Grand Khan se fait garder par douze mille hommes à cheval ».

2. Numéros, exercices.
3. Objets de matières précieuses ; bijoux en particulier.
4. Personnages chargés de divertir les grands seigneurs par leurs plaisanteries.
5. Festin.

Texte 8

La fête blanche

Ci devise de la grandissime fête que fait le Grand Can au commencement de l'année

Vrai est que les Tartares font la fête solennelle qu'ils nomment blanche lors du commencement de leur année, aux calendes de février. Et le Grand Sire et tous ses sujets font telle fête comme je vous conterai.

C'est la coutume que le Grand Can et ses sujets se vêtent tous de robes blanches, hommes et femmes, petits et grands, s'ils ont le moyen de le faire. Et cela font parce que blanche vêture leur semble de bon augure, et pour cela portent au début de leur an pour être favorisés et avoir joie tout l'an. Ce jour-là, tous les peuples et toutes les provinces, régions et royaumes qui lui sont vassaux, lui apportent de très grands présents d'or, d'argent, de perles et pierres précieuses et maints très riches habits blancs et autres choses, comme il convient, et il faut que tout cela soit blanc. Et encore vous dis que barons, chevaliers, et tout le monde, s'offrent l'un l'autre des choses blanches, s'accolent[1] et se font fête, se disant comme on dit chez nous : « Bonne chance à vous, et tourne bien tout ce que vous ferez. »

1. Se donner l'accolade, se serrer dans les bras.

Campement des habitants de Karshar et de leurs troupeaux.
***Le Livre des Merveilles*, début XVe siècle.**

Et sachez qu'en ce jour viennent de différents lieux qui en ont reçu l'ordre, plus de cent mille chameaux et chevaux blancs très beaux et fins qu'on donne au Grand Can. Viennent aussi ce jour-là tous ses éléphants, qui sont bien cinq mille, tous couverts de riches caparaçons[2] habilement brodés de bêtes et d'oiseaux en or et en soie. Et chacun d'eux a sur son dos deux écrins très beaux et très riches, qui sont pleins de la vaisselle d'argent et d'or du Seigneur, et des ornements nécessaires à la fête. Viennent aussi un très grand nombre de chameaux, également couverts de caparaçons de soie blanche, portant aussi des choses nécessaires à la fête, et tout cela passe devant le Grand Sire, et c'est là le plus beau spectacle qui fut jamais vu.

Et encore vous dis que le matin de cette fête, avant que les tables soient mises, tous les rois, les ducs, les marquis, comtes, barons, chevaliers, astrologues, philosophes, mires, fauconniers,

2. Harnais ou armures richement décorés.

et maints autres officiers du roi, gouverneurs et capitaines, viennent dans la grand'salle par devant le Seigneur, et ceux qui ne parviennent point à entrer à raison de la multitude, demeurent dehors le palais et adorent du dehors, en tel lieu que le Grand Sire, qui est sis sur un trône, les peut bien voir. Et vous dis à présent en quelle manière ils se disposent. En avant sont ses fils, petits-fils, neveux et ceux de son lignage[3]. Après sont les rois ; et après les ducs, puis les barons et chevaliers, puis tous les ordres l'un après l'autre, ainsi qu'il convient à leur rang et à la dignité de leur office[4]. Et quand ils sont tous assis, chacun bien à sa place, adonc[5] se lève un grand vieux sage, comme qui dirait un grand prélat[6], et dit à voix très haute : « Inclinez-vous et adorez ! »

Et tant tôt que celui-ci a ainsi parlé, tous se lèvent incontinent[7] et se courbent, s'agenouillent et posent le front à terre ; et font leur oraison[8] au Seigneur et l'adorent comme s'il fût Dieu. Et puis dit le prélat :

« Dieu sauve et garde notre Seigneur longtemps en joie et en bonheur.

Et tous répondent :

– Ainsi fasse Dieu !

Et le prélat dit une seconde fois :

– Dieu accroisse et multiplie de mieux en mieux son empire, et préserve tous les peuples soumis à lui en paix et en bonne volonté, et en tous ses pays puissent toutes choses continuer prospères[9] !

Et tous répondent :

– Ainsi fasse Dieu ! »

Chapitre XCI.

3. Famille.
4. Fonction, charge.
5. Terme ancien : alors.
6. Membre du clergé, d'un haut rang.
7. Aussitôt.
8. Prière.
9. Florissantes, qui connaissent le succès.

Questions

Repérer et analyser

La situation d'énonciation

1 Rappelez la situation d'énonciation (voir la leçon, p. 12).

Les informations fournies : la fête blanche

2 Comment s'appelle cette fête et pourquoi ? Relevez tous les groupes nominaux qui justifient son nom (l. 7 à 31).

3 **a.** En dehors des présents, qu'échangent entre eux les participants (l. 11 à 19) ?

b. « Tourne bien tout ce que vous ferez » (l. 19) : à quel mode est le verbe « tourner » ? Comment diriez-vous aujourd'hui ?

4 Faites la liste des cadeaux offerts au Grand Khan. Soulignez les termes appartenant au champ lexical de la richesse (l. 11 à 22).

5 Répartissez dans un tableau tous les personnages qui défilent devant le Grand Kahn (l. 32 à 44). Qu'est-ce qu'un « mire » (l. 34) ?

Titre	Fonction
rois ...	mires ...

6 Qui prononce les paroles : « Inclinez-vous et adorez » (l. 47) ? À qui s'adressent-elles ? Indiquez le mode de ces verbes et donnez la valeur de ce mode.

7 Quelle vertu les Tartares attribuent-ils à la couleur blanche ? Citez le texte à l'appui de votre réponse.

Le regard du narrateur

8 Justifiez l'affirmation : « et c'est là le plus beau spectacle qui fut jamais vu » (l. 31). Citez des passages du texte.

9 À quoi Marco Polo compare-t-il le Grand Khan dans le dernier paragraphe ? Quelles observations le conduisent à faire une telle comparaison ?

Étudier la langue

10 Que signifie l'expression « de bon augure » (l. 10) ? Quelle en est l'origine antique ?

S'exprimer

11 Vous avez déjà eu l'occasion de participer à une fête (familiale, nationale ou religieuse, par exemple). Racontez en décrivant avec précision le cadre et les tenues de chacun, sans oublier de faire part de vos impressions.

Enquêter

12 Recherchez tous les renseignements iconographiques et les informations orales que vous pourrez recueillir sur les différentes manières de fêter le Nouvel An, selon les cultures que vous connaissez.

Se documenter

Les titres de noblesse

Pour parler de l'entourage du Grand Khan, Marco Polo emploie des termes empruntés au vocabulaire désignant la noblesse, en Europe. Voici les titres de noblesse européens, classés depuis le plus prestigieux jusqu'au plus simple :
prince – duc – marquis – comte – vicomte – baron – chevalier.

13 Quels sont ceux repris par Marco Polo ? dans quel ordre ?

Texte 9

Curiosités de Chine

Comment le Grand Can fait dépenser papier pour argent

Il est réel que la Monnaie[1] du Grand Sire est en cette ville de Cambaluc, et établie en telle manière qu'on peut bien dire que le Grand Can possède parfaitement l'alchimie[2], et vous le montrerai.

Or sachez qu'il fait faire une telle monnaie comme je vous dirai ; à des hommes fait prendre l'écorce d'arbres que nous nommons mûriers et qu'ils appellent gelsus, ceux dont les vers qui font la soie mangent les feuilles, et qui sont en si grand nombre que toutes les campagnes en sont pleines. Ils prennent la peau mince qui est entre l'épaisse écorce extérieure et le bois, et qui est blanche ; de cette peau mince, il leur fait faire des feuilles semblables à celles du papier coton, et elles sont toutes noires. Et lorsqu'elles sont faites, il les leur fait couper de telle manière : la plus petite vaut chez eux environ une moitié de petit *tornesel*, et la suivante, un peu plus grande, un *tornesel* ; la suivante, encore un peu plus grande, un demi-gros d'argent de Venise, la suivante, un gros d'argent, la suivante, deux gros, la suivante, cinq gros, la suivante, dix gros, la suivante un besant d'or, et l'on va ainsi jusqu'à dix besants d'or. Toutes ces feuilles reçoivent le sceau[3] du Grand Sire, faute de quoi elles ne vaudraient rien. Elles sont fabriquées avec autant de garanties et de formalités que si c'était or pur ou argent, car maints officiers nommés pour cela écrivent leur nom sur

1. Ici, le lieu de frappe et d'émission de la monnaie.
2. Science occulte qui consiste à réaliser le grand œuvre, c'est-à-dire changer les métaux en or. (Ici, sens imagé.)
3. Cachet, généralement en cire, portant la marque officielle d'un souverain ou d'un État.

Le Grand Khan paie ses achats avec une monnaie d'écorce de muriers.
***Le Livre des Merveilles*, début XVe siècle.**
• Cette illustration a été réalisée par des miniaturistes occidentaux, au Moyen Âge. Quels détails (vestimentaires ou autres) sont caractéristiques de l'Europe à cette époque, et non de l'Asie ?

chaque billet, y apportant chacun sa marque, et quand tout est bien fait comme il faut, leur chef, commis par le Seigneur, empreint de cinabre[4] le sceau qui lui est confié et l'appuie sur le billet ; et la forme du sceau humecté de cinabre y demeure imprimée : alors cette monnaie est valable. Et si quelqu'un s'avisait de la contrefaire, il serait puni de la peine capitale jusqu'à la troisième génération. Différentes marques sont imprimées selon la destination du billet. Et en a fait faire si grande quantité, qu'il payerait avec tous les trésors du monde, et ça ne lui coûte rien.

Et quand ces feuilles sont faites, en la manière que je vous ai contée, il fait faire tous ses paiements et les fait distribuer en toutes les provinces et royaumes et pays dont il est le maître ; et nul n'ose les refuser, car il lui en coûterait la vie. Et personne des autres royaumes ne peut donner d'autre monnaie dans les

4. Couleur rouge provenant du sulfure de mercure.

territoires du Grand Can. Et vous dirai d'ailleurs que tous les gens et groupes d'hommes qui vivent sous ses lois prennent volontiers ces feuilles en paiement, car partout où ils vont, ils en font tous leurs paiements pour les denrées et pour les perles, les pierres précieuses, l'or et l'argent, et pour toutes les autres choses qu'ils emportent, achètent ou vendent, quelle que soit leur valeur, comme si vraiment elles étaient d'or ou d'argent. Et vous dirai même plus : elles sont si légères que la feuille qui vaut dix besants, elle n'en pèse même pas un…

Chapitre XCIX.

Comment le Grand Can fait grande charité à ses pauvres gens

Comme les sages des Idolâtres[5], et notamment les susnommés *bacsi*[6], ont suggéré au Grand Can que prévoir pour les pauvres était une bonne œuvre pour lui, et que leurs idoles s'en réjouiraient grandement, lui, là-dessus, a pourvu pour les pauvres comme il est dit plus haut[7]. Et encore vous dis que tous ceux qui désirent aller à la Cour pour toucher le pain du seigneur, ils peuvent chaque jour avoir une miche chaude. Loin de refuser à personne, on donne à tous ceux qui viennent, et nul n'a rien à payer. Et sachez que je ne crois pas mentir en disant que de pauvres, hommes et femmes, il vient bien chaque jour plus de trente mille, et qu'il n'est point de jour qu'on ne distribue vingt mille bols de riz, de panic[8] et de millet[9]. C'est ainsi tous les jours de l'année, et c'est grande bonté au seigneur qui a pitié de ses pauvres peuples. Et comme à nul pauvre on ne refuse de pain, en raison de cette merveilleuse et stupéfiante

5. Ici, les bouddhistes.
6. Enchanteurs, magiciens.
7. Tous les ans, le Grand Khan fournit des familles pauvres qui peuvent ainsi manger durant l'année.
8. Graminée cultivée comme céréale.
9. Céréale.

générosité, les peuples l'ont en si grand bien qu'ils l'adorent comme un dieu.

Or vous ai dit de cette organisation, je vous parlerai d'autre chose.

Dans la ville de Cambaluc sont environ cinq mille devins et astrologues, Chrétiens, Sarrazins, Catayens[10], auxquels, tout comme aux pauvres, le Grand Can fournit chaque année le vivre et le vêtement. Ils exercent sans cesse leur art dans la cité. Ils ont en effet leur astrologie, où sont écrits les signes des planètes, les heures et les minutes de toute l'année. Ainsi toute l'année, les susdits[11] astrologues Sarrazins, Catayens et Chrétiens étudient l'écoulement et la disposition de toute l'année dans cette astrologie d'après le cours de la Lune. Car ils voient et découvrent quelle sorte de temps chaque lune produira d'après la marche naturelle et la situation des planètes et des signes, et d'après leurs propriétés. Assavoir[12], en telle lune, il y aura des tonnerres et tempêtes ; en telle autre, tremblement de terre ; en telle autre, orages, éclairs et maintes pluies ; en telle autre, maladies, pestes, guerres et discorde infinie ; et ainsi de suite pour chaque lune, selon ce qu'ils peuvent trouver. Et vous diront que c'est ainsi que les choses sont tenues d'aller d'après leur cours et leur nature, ajoutant toutefois : « Mais Dieu est bien capable de faire plus ou moins selon sa volonté. »

Alors, vous feront bien des petites feuilles où ils vous écriront tout ce qui doit advenir chaque mois de l'année, feuilles qu'on nomme *tacuini*[13]. Ils les vendent un gros[14] l'une, à qui les veut acheter pour savoir ce qui va arriver cette année. Ceux qui ont discouru plus véridiquement que les autres sont tenus pour maîtres plus parfaits en leur art et obtiennent de plus

10. Chinois.
11. Précédemment nommés.
12. C'est-à-dire.
13. Calendriers chinois avec prédictions météorologiques et astrologiques.
14. Nom d'une monnaie de l'époque.

hauts honneurs. De même, si quelqu'un se propose d'entreprendre quelque grande œuvre ou de partir pour quelque lieu lointain pour son commerce ou autre chose, ou envisage de faire chose quelconque et désire connaître l'issue de son affaire, s'en ira trouver un de ces astrologues et lui dira : « Regardez en vos livres comment le ciel se trouve tout juste en ce moment, parce que je veux aller faire telle affaire ou commerce. » Et lui dit l'année, le mois, le jour, l'heure et la minute de sa naissance, parce que chacun, dès qu'il est né, la première chose qu'on lui enseigne, c'est sa nativité[15]. Et voici comment on s'y prend parmi eux. Les Tartares comptent le nombre de leurs années de douze en douze, et ils marquent douze ans avec douze signes ; la première année est marquée d'un lion, la seconde d'un bœuf, la troisième d'un dragon, la quatrième d'un chien, etc., poursuivant ainsi jusqu'à la douzième ; de sorte que si l'on demande à quelqu'un quand il est né, il répond : « Au cours de l'année du lion, tel jour ou telle nuit, heure et minute de telle lune. » Ou de quelque autre manière, sous quelque autre signe d'année ; et les pères s'astreignent[16] à le noter soigneusement sur un livre. Et lorsque les années ont rempli leur série jusqu'au douzième signe, alors ils recommencent depuis le premier nombre, en suivant toujours le même ordre. Aussi, lorsqu'un homme doit demander à l'astrologue ou au devin à quelle issue son entreprise aboutira, et lui a dit d'abord le jour, l'heure et la minute de la lune de sa naissance, et dans le cours de quelle année, le devin, ayant examiné la constellation, et trouvé la planète sous laquelle l'homme est né, lui annonce en bon ordre tout ce qui lui arrivera en ce voyage, et comment son entreprise aboutira à tout égard, soit bien, soit mal.

Chapitre CVII.

15. Ici, le lieu et le moment exact de la naissance d'une personne.

16. S'astreindre : s'obliger à faire quelque chose.

Repérer et analyser

La situation d'énonciation

Le narrateur s'adresse au lecteur, l'interpelle pour maintenir son attention en éveil, en particulier en utilisant le pronom personnel à la deuxième personne du pluriel.

1 Relevez des exemples de ce procédé au début du premier extrait (l. 6-7) et dans le deuxième extrait (l. 68, l. 86).

Les informations fournies

Le papier monnaie

2 Délimitez dans le texte les passages qui correspondent aux étapes suivantes :
- fabrication du papier monnaie ;
- valeur des coupures ;
- garanties d'authenticité ;
- châtiment des fraudeurs ;
- facilité d'usage.

3 Quelles sont les différentes étapes de l'élaboration du papier monnaie ? À quelle condition les feuilles de mûrier prennent-elles la valeur de papier monnaie ? Citez le texte.

4 Quel est le sens précis des termes désignant la monnaie : « tornesel » (l. 16) ; « demi-gros » (l. 17) ; « besant d'or » (l. 20) ? Lequel désigne la pièce ayant le plus de valeur ?

5 Quels sont les avantages de la fabrication du papier-monnaie et de son utilisation ?

Les astrologues

6 Sur combien d'années sont établis les calendriers chinois ? Par quel nom chaque année est-elle désignée ? Quel est l'astre qui règle ces calendriers ?

7 Sur quoi portent les prédictions des astrologues ? Citez le texte.

8 Quelle formule utilisent-ils pour justifier leurs erreurs possibles ?

Le Grand Khan

9 Quelles sont les qualités du Grand Khan que Marco Polo met en avant aussi bien sur le plan économique que sur le plan humain ? Justifiez votre réponse.

10 Pourquoi Marco Polo donne-t-il l'équivalent des billets chinois en monnaie de Venise ?

Étudier la langue

Le lexique

11 Que signifie le verbe « contrefaire » (l. 30) ? Comment est-il composé ? Comment appelle-t-on les personnes qui fabriquent de la fausse monnaie ?

12 Quelle est la signification exacte des mots « alchimie » (l. 4), « astrologie » (l. 74) et « astronomie » ?

L'ordre des mots

13 « Ils les vendent [...] à qui les veut acheter » (l. 92-93) : le second pronom « les » est-il à sa place habituelle ? Comment dirait-on aujourd'hui ?

S'exprimer

14 On parle beaucoup aujourd'hui de « médecines douces ». Pensez-vous que seule la médecine officielle soit la bonne ? Quel que soit votre point de vue, donnez des arguments et, si possible, des exemples, pour justifier votre position.

Se documenter

De grands inventeurs

Les Chinois sont de grands inventeurs. Ils ont été les premiers à savoir fabriquer le papier et par la technique de la xylographie (gravure sur bois) ils l'ont imprimé. En effet, ils gravaient les caractères sur des plaques de bois, les enduisaient d'encre et imprimaient ainsi jusqu'à cinq mille copies. On leur doit aussi l'invention des premières lunettes arrivées jusqu'à nous par l'intermédiaire des Arabes. Dans leurs vastes plaines balayées par le vent, ils mirent au point des chars à voile, comme on en voit aujourd'hui sur les plages. Pour notre malheur à tous, ils fabriquèrent la poudre à canon, mais imaginèrent aussi, avec cette même poudre, les fusées des feux d'artifice. Ils firent encore bien d'autres trouvailles, notamment la fabrication de la porcelaine, secret que leur envia longtemps l'Occident.

Les découvertes de Marco Polo

La poste

L'utilisation du papier monnaie a déjà prouvé à quel point les Chinois étaient organisés. En voici une autre démonstration avec le système des postes qui permettait d'acheminer rapidement les nouvelles.

Et sachez que, quand l'on part de Cambaluc par l'une quelconque de ces routes – je vous parle des principales et essentielles –, et qu'on est allé vingt-cinq milles, les messagers du Grand Sire qui sont allés ces vingt-cinq mille trouvent un poste appelé iamb en leur langage, ce qui veut dire en notre langue un relais de chevaux. À chaque poste, les messagers trouvent un très grand palais, beau et riche, où ils peuvent loger, car ces auberges ont très riches lits garnis de riches tissus de soie, et ont tout ce qui convient à des messagers supérieurs ; et si un grand roi y venait, il s'y trouverait encore très bien logé. Et encore vous dis qu'à ces postes les messagers du Grand Sire changent de cheval, car ils en trouvent bien quatre cents que le Grand Sire a attribués à chaque poste pour qu'ils y demeurent toujours à la disposition de ses messagers et ambassadeurs quand il les envoie en toute direction pour ses affaires, afin qu'ils puissent quitter et laisser là l'animal fatigué et en prendre un frais [...]. Et en cette manière que vous avez ouïe vont les messagers du Grand Sire dans toutes les directions avec une grande facilité, et trouvent logement et chevaux tout prêts à chaque étape, pour qu'ils aient leur confort en tout lieu.

Et vous dis de plus que quand il est besoin que messagers à cheval partent expressément pour rapporter au Grand Sire des nouvelles fraîches de lieux éloignés d'une cité ou province qui peut s'être rebellée contre lui, ou d'un baron ou des choses qui peuvent être utiles au Seigneur, ils chevauchent en un jour bien cent et deux cents milles, voire deux cent cinquante, et vous montrerai comment. Quand le messager doit aller aussi vite et aussi loin comme je vous ai conté, il a la tablette à gerfaut en signe de vitesse spéciale, et de la sorte s'il arrive qu'en galopant sur la route, le cheval se crève, ou qu'il y ait un retard quelconque, s'il trouve quelqu'un, qui que ce soit, il peut le démonter et lui prendre sa bête, car nul n'oserait refuser. Ainsi ils n'ont jamais que de bonnes bêtes, et fraîches, pour leurs besoins. Ils prennent les chevaux des postes, qui y sont préparés pour eux. Et s'ils sont deux qui partent du même point, ils prennent le départ sur deux bons chevaux forts et vifs ; ils se bandent tout le ventre et la poitrine de fines bandelettes et s'enveloppent la tête, car autrement, ils ne pourraient pas résister. Puis partent au grand galop tant comme ils peuvent le plus et galopent tant qu'ils soient venus au prochain poste, à vingt-cinq milles de là ; quand ils le savent proche, sonnent d'une sorte de trompe qui s'entend de loin, pour que les autres préparent les chevaux ; ils trouvent donc deux autres bons chevaux tout prêts, frais, reposés, rapides. Ils les montent si rapidement qu'ils ne se reposent point, peu ou prou. Et dès qu'ils sont montés, ils se mettent immédiatement au grand galop, tant comme la bête peut aller, et ne cessent de galoper tant qu'ils soient venus au poste suivant. Ils vont ainsi, toujours galopant, d'un poste à l'autre, changeant les chevaux et les hommes, tout le jour jusqu'au soir, et couvrent ainsi une distance merveilleuse. C'est ainsi que ces messagers font bien deux cent cinquante milles par jour pour porter les nouvelles au Grand Sire, et quand il faut, ils en font bien trois cents. Dans les cas très graves, ils chevauchent même la nuit ; si la lune ne brille point, les hommes du poste vont courant devant eux avec des torches jusqu'au poste suivant. Néanmoins, ces messagers ne vont point aussi vite la nuit que le jour, sans parler de ceux qui courent à pied avec les torches, et qui ne peuvent être aussi rapides. De tels messagers, qui peuvent endurer une telle fatigue de course, sont très estimés, et touchent une bonne paye de la Cour.

Marco Polo, *Le Livre des Merveilles*, chapitre CI, « Comment de la Cité de Cambaluc partent plusieurs routes qui vont par maintes provinces ».

Texte 10

La médecine et la magie

Marco Polo explore maintenant la Chine méridionale, le Yunnan actuel. La province de Zardandan, Zar-dandan *en persan signifie « Dents d'or », se trouve à l'ouest du Yunnan. On l'appelle ainsi car, selon l'auteur, les hommes ont coutume de se couvrir les dents d'une mince plaque d'or. Le nom de la province de Caragian, ou Karadjang, vient de deux termes, l'un mongol, l'autre tibétain, et veut dire « le Royaume Noir ». Territoire non chinois, elle fut conquise par Kubilaï en 1253. Uncian, actuelle Baoshan, et Iaci sont des villes du Yunnan.*

Dans ces régions, la médecine relève de la magie et dans l'extrait que voici, l'auteur décrit les séances de guérison.

Ci devise de la grande province de Zardandan

Et vous dis qu'en ces trois provinces de Caragian, Uncian et Iaci, ils n'ont nul mire[1]. Quand ils sont malades, ils font venir leurs magiciens : ce sont les enchanteurs des diables et ceux qui servent les idoles, et dans cette province, il y en a quelques-uns ! Quand ces magiciens sont venus, les malades leur disent les maux qu'ils ont ; et les mages, incontinent[2], commencent à sonner instruments, et chantent, et dansent, et ballent[3], tous ensemble, pendant un long temps, jusqu'à ce qu'un de ces magiciens choie[4] à la renverse par terre ou sur le pavé, avec grande écume à la bouche, et semble mort. La danse cesse, et prétendent que le diable est dedans le corps d'icelui[5]. Alors les autres magiciens, qui là étaient plusieurs, voient que l'un d'eux est chu en telle manière comme vous avez ouï ; adonc

1. Terme ancien : médecin.
2. Aussitôt, tout de suite.
3. Verbe ancien : danser.
4. Choir signifie tomber.
5. De celui-ci, en ancien français.

commencent à lui parler, et lui demandent quelle maladie a ce malade et pourquoi il l'a. Et il répond : « Tel esprit l'en a frappé parce que le consultant lui a fait un grand déplaisir. »

Et il nomme cet esprit. Les autres magiciens lui disent : « Nous te prions que tu lui pardonnes et que pour la restauration de sa santé, tu prennes les choses que tu veux. »

Quand ils ont dit maintes paroles et longtemps supplié l'esprit descendu dans le corps de celui qui est chu, si le malade lui semble devoir mourir, il répond : « Ce malade a tant mal agi envers l'esprit, et c'est un si mauvais homme, que l'esprit ne serait apaisé par aucun sacrifice et ne lui veut pardonner pour rien au monde. »

Mais si le malade doit guérir, adonc dit l'esprit qui est dans le corps du magicien : « Il a fait grande offense, mais néanmoins il lui sera pardonné. Si donc il veut guérir, que soient pris deux moutons (ou trois), et que soient faits dix breuvages (ou douze, ou davantage), fort précieux et bons. »

Ils disent également si les moutons doivent avoir la tête noire, ou les décrivent d'autre manière, comme il leur plaît à dire. Et dit qu'il en fasse sacrifice à telle idole et tel esprit, et qu'ensuite, tant de magiciens et tant de dames – de celles qui ont les esprits et qui ont les idoles – se joignent à eux et fassent grandes louanges avec grands chants, grandes lumières et bonnes odeurs, à telle idole et tel esprit ; et qu'ainsi le dieu n'en voudra plus à l'homme malade. Adonc leur répondent les esprits, quand le malade doit se trouver guéri. Et quand ils ont eu cette réponse, les amis au malade font aussitôt exécuter ce que le démon leur commande et que les magiciens leur décrivent ; car ils prennent les moutons tels qu'il leur a été prescrit. Alors se lève l'enchanteur qui a dit tout cela. Ils tuent le mouton et en répandent le sang vers le ciel où il leur est dit ; et puis le font cuire en la maison du malade, où viennent les magiciens et magiciennes comme il leur était dit. Et quand ils sont tous venus et que le mouton et les breuvages sont apprêtés, alors ils commencent à sonner[6], baller et chanter leurs louanges des esprits. Ils répandent en l'air du bouillon et du breuvage çà et là autour de la maison ; ils ont également de l'encens et du bois d'aloès, et vont encensant[7] çà et là, et font grand luminaire[8] en toute la maison. Quand ils ont fait ainsi un peu, adonc choit de nouveau l'un d'entre eux et demeure comme mort, et il a l'écume à la bouche ; et les autres lui demandent si l'idole est satisfaite et s'il sera pardonné au malade, et s'il doit guérir. Quelquefois il répond « oui », quelquefois il répond qu'il ne lui est pas encore entièrement pardonné, et qu'il faut encore faire telle et telle chose, car alors il lui sera pardonné. Ce qu'ils font donc tout aussitôt, et l'esprit répond, après que tout est fait, que le malade est pardonné et qu'il guérira prochainement. Et quand ils ont eu cette réponse et ont répandu un bouillon et du breuvage, fait grand luminaire et grand encensement, ils disent que l'esprit est bien disposé envers eux, et tout à fait apaisé. Alors les magiciens et les dames, qui ont encore cet esprit, cessent de chanter, s'asseyent à table, mangent le mouton et boivent les breuvages avec grande réjouissance et fête ; celui qui était chu comme en pâmoison[9] se redresse et mange comme les autres. Quand la besogne est terminée, qu'ils ont mangé et bu et encaissé leur paye, se lèvent et s'en retournent chacun à sa maison. Après tout cela, le malade meurt, ou est guéri, et se lève en très bonne forme tout aussitôt.

Chapitre CXXIII.

6. Jouer (d'un instrument).
7. Honorer en faisant brûler de l'encens.
8. Éclairage.
9. Évanouissement. (« Tomber en pâmoison » signifie s'évanouir.)

Questions

Repérer et analyser

La situation d'énonciation

1 Rappelez la situation d'énonciation (voir la leçon, p. 12).

2 Qu'indiquent les guillemets lignes 16 à 31 ? Qui parle ?

Les informations

3 Qui appelle-t-on pour soigner les malades ? Relevez dans les lignes 2 à 11 tous les termes utilisés pour désigner ces hommes.

4 Que font-ils pour soigner les malades ? Relevez tous les verbes qui l'indiquent (l. 7 à 11).

5 Que signifie le mot « esprit », ligne 16 ? Quels autres sens lui connaissez-vous ? Dans le texte, l'esprit est désigné par deux autres noms : lesquels (l. 12 et 34) ?

6 Comment peut-on appeler l'état dans lequel entre le magicien qui a « l'écume à la bouche » (l. 11) ?

7 **a.** Comment les magiciens s'y prennent-ils pour diagnostiquer la maladie ?

b. Quelle origine attribuent-ils généralement à la maladie ?

8 Quels sont les moyens employés pour aider le malade à recouvrer la santé ? Sont-ils toujours efficaces ?

9 Que font les gens qui assistent au traitement de la maladie ?

10 Que reçoivent les magiciens quand leur besogne est terminée (l. 69 à 71) ?

Le regard du narrateur et la visée

Le narrateur laisse parfois deviner ce qu'il pense au moyen d'un signe de ponctuation ou d'un mot expressif.

11 **a.** « Et dans cette province, il y en a quelques-uns ! » (l. 5-6) : quel est le type de phrase utilisé ? Quel sentiment du narrateur ce type de phrase traduit-il ?

b. « La danse cesse et prétendent que le diable est dedans le corps d'icelui » (l. 11-12) : relevez le mot qui montre que Marco Polo prend ses distances avec ce qu'il énonce.

12 Quelle est la visée de cet extrait ?

Étudier la langue

13 À quel temps et à quel mode le verbe « choir » est-il employé lignes 10, 14 et 54 ? Quel verbe emploierait-on aujourd'hui ?

S'exprimer

14 La magie est pratiquée depuis des siècles dans toutes les cultures. Faut-il y croire ou la combattre ? Donnez, avec des arguments simples et des exemples éventuels, les raisons de votre point de vue.

Se documenter

Les découvertes de Marco Polo

Coutume du Yunnan

Voici une pratique étonnante des habitants de la province de Zardandan, dans le Yunnan.

En cette province, c'est la coutume que lorsque les dames ont enfanté et ont fait un enfant, ils le lavent et l'enveloppent en draps ; mais le baron à la dame entre au lit et tient l'enfant avec lui, et demeure au lit quarante jours sans se lever, sauf pour les nécessités. Et tous les amis et parents le viennent voir ; et demeurent avec lui et lui font grande fête et conversation. Et ce font parce qu'ils disent que la femme a enduré de grandes fatigues à porter l'enfant en son ventre pendant neuf mois et en lui donnant le jour, si bien que le mari doit aussi avoir sa part des peines ; et parce que, disent-ils, elle ne doit point en endurer encore de tout ce terme de quarante jours, excepté pour lui donner à boire. Et sa femme, tant tôt qu'elle a enfanté son fils, elle se lève du lit et fait toute la besogne de la maison, et sert son baron à manger et à boire au lit, tout comme si c'était lui qui avait mis au monde l'enfant.

Marco Polo, *Le Livre des Merveilles*, chapitre CXXIII, « Ci-devise encore de la province de Caragian ».

Texte 11

La bataille des éléphants

Comment le Grand Can conquit les royaumes de Mien et de Bengala

Or advint que les rois de Mien[1] et de Bengala[2], qui étaient très puissants en terres, en trésors et en hommes, n'étaient point sujets du Grand Can, mais peu de temps passa avant que le Grand Can leur prît les deux royaumes. Et ces rois de Mien et Bengala, quand ils surent que l'armée du Grand Can était en Uncian[3], en furent fâchés et terrifiés, craignant qu'elle vînt envahir leur terre. Ils se dirent donc qu'il leur fallait lui tomber dessus pour se défendre, avec tant de gens qu'ils les mettraient tous à mort, en telle manière que jamais plus le Grand Can n'aurait volonté d'envoyer ensuite une autre armée. Adonc firent ces rois très grands préparatifs, et je vous deviserai lesquels.

Or, sachez très véritablement qu'ils eurent deux mille éléphants très grands ; et firent faire sur chacun de ces éléphants un château de bois très fort, bien fait et bien disposé pour combattre ; et sur chaque château étaient au moins douze hommes pour lancer des flèches et combattre ; en tel autre il y en avait seize, et en tel autre plus ; et encore soixante mille hommes à cheval, ainsi que des piétons[4]. [...]

Chapitre CXXIV.

1. Mien : nom chinois de la Birmanie.
2. Bengala : le Bengale, à l'est de l'Inde.
3. Actuelle Baoshan, région située entre deux fleuves dont le Mékong.
4. Fantassins, soldats à pied.

Ci devise de la bataille qui fut entre l'armée du Grand Can et le roi de Mien

Et quand le sire des armées tartares[5] sut avec certitude que ces rois lui venaient sus avec tant de gens, il s'en inquiéta fort, car il n'avait que douze mille hommes à cheval ; mais assurément, il était très vaillant homme en son cœur et très bon capitaine ; et avait nom Nescradin. Il ordonne et admoneste[6] ses gens de bonne façon. Il s'efforce, tant comme il peut, de défendre le pays et ses gens. Et pourquoi vous ferais-je long conte ? Sachez très véritablement que les douze mille Tartares à cheval s'en viennent à la plaine d'Uncian et là, attendent que leurs ennemis viennent à la bataille. Et ce font par grande sagesse, grâce au bon capitaine qu'ils avaient. Car sachez qu'auprès de cette plaine était un bois fort grand, et plein de très grands arbres.

Il les posta près de ce bois pour pouvoir y entraîner les ennemis, sachant bien que les éléphants n'y pourraient entrer avec leurs châteaux ; si donc les éléphants leur venaient sus avec tant de furie qu'ils ne pussent leur résister, ils se retireraient dans le bois et les arroseraient de flèches en toute sécurité. [...]

Quand le roi de Mien eut séjourné quelque temps avec toute son armée, il partit de ce lieu et se mit en route, et alla tant qu'il arriva en cette plaine de Uncian où les Tartares étaient tout prêts. Et quand il fut venu en cette plaine, à environ un mille des ennemis, il disposa ses éléphants avec leurs châteaux, et les hommes dessus bien armés pour combattre. Derrière il ordonne[7] ses hommes à cheval et à pied fort bien et sagement, comme sage roi qu'il était. Et quand il eut disposé et ordonné

5. Il s'agit de Naçireddin, inspecteur général du Yunnan, grand prince nommé par Kubilaï.

6. Ici, faire de sévères recommandations.

7. Place, met dans un certain ordre.

toute son affaire, et fait sonner une infinité d'instruments, il se mit à aller avec toute son armée vers les ennemis.

Quand les Tartares les virent venir, ils ne firent point semblant d'être ébahis de rien, mais montrèrent qu'ils étaient preux et hardis durement. Car sachez sans erreur qu'ils se mettent en marche tous ensemble, en bon ordre et sagement vers l'ennemi; mais quand ils en sont proches et qu'il n'y a fors que[8] de commencer la bataille, alors les chevaux des Tartares, quand ils ont vu les éléphants, si énormes, avec leurs châteaux, et tout rangés de front, ils en ont une telle épouvante que les Tartares ne les peuvent mener en avant vers les ennemis, mais toujours ils tournent bride[9] et s'enfuient. Et le roi et ses gens, avec les éléphants, vont toujours de l'avant.

Chapitre CXXV.

Où l'on dit encore de la même bataille

Or sachez que les Tartares, quand ils voient que leurs chevaux sont si épouvantés, ils en descendent, les mettent dedans le bois et les attachent aux arbres; puis mettent la main aux arcs, dont ils sont si habiles, encochent les flèches et vont à pied vers les éléphants, qu'ils commencent à arroser de flèches. Ils leur en lancent tant que c'en est merveille, et bien des éléphants sont blessés durement, et bien des hommes aussi. Mais les gens du roi qui étaient dans les châteaux tiraient aussi des flèches, très généreusement, sur les Tartares, et leur donnaient un rude assaut; toutefois, leurs flèches ne blessaient point aussi cruellement que celles des Tartares, car elles étaient décochées avec moins de force. Et qu'irai-je encore vous dire? Sachez que, quand les éléphants furent ainsi blessés que je vous l'ai conté, je vous dis qu'ils se tournent et qu'ils se mirent à fuir vers les

8. Qu'il n'y a rien d'autre à faire que...

9. Font demi-tour.

gens du roi, avec si grand fracas qu'il semblait que le monde entier se dût fendre. Ils ne s'arrêtent pas aux bois ; et se mettent dedans, démolissant les châteaux qu'ils avaient sur le dos, gâtant[10] et détruisant toute chose, avec un beau petit massacre de ceux qui se trouvaient dedans, car ils couraient or çà or là par le bois, en poussant d'effrayants barrissements de terreur. Et quand les Tartares ont vu que les éléphants s'étaient enfuis, en telle manière comme vous avez ouï, et le désordre de l'armée du roi, ils ne barguignent point, montent immédiatement sur leurs chevaux avec grand ordre et discipline, et foncent sur le roi et sur ses gens, qui n'étaient pas peu effrayés de voir la ligne d'éléphants dispersée. Ils commencent la bataille de flèches très cruelle et féroce, car le roi et ses gens se défendaient hardiment.

Et quand ils eurent tiré toutes leurs flèches, ils mirent la main à l'épée et à la masse, et se coururent sus très âprement. Ils se donnaient d'immenses coups. Or[11] peut-on en voir donner et recevoir grands coups d'épée et de masse[12] ; or en peut-on voir occire chevaliers et chevaux ; or peut-on voir couper mains et bras, épaules et têtes ; car sachez que maints choient à terre morts ou navrés à mort. La criée et le bruit y étaient si grands qu'on n'eût pas ouï Dieu tonner. Le choc et la bataille étaient très grands et très violents de toutes parts. Mais sachez sans erreur que les Tartares avaient le dessus dans l'affaire, car elle débuta sous un mauvais signe pour le roi et pour ses gens, tant en furent occis ce jour en cette bataille. [...] Et c'est depuis cette bataille que le Grand Can commence à avoir des éléphants assez pour ses armées. Et c'est grâce à cette journée que le Grand Can conquêta tous les pays de Mien et de Bengala, et les soumit à sa seigneurie.

Chapitre CXXV.

10. Endommager, détériorer.
11. Ici.
12. Arme faite d'un manche et d'une tête en métal pour frapper.

Questions

Repérer et analyser

La situation d'énonciation

1 Rappelez la situation d'énonciation (voir la leçon, p. 12).

Le discours narratif : le récit d'un combat

Les causes du conflit

2 Quelles sont les causes du conflit (l. 3 à 14) ? Dans quelle région a-t-il lieu ? Qui sont les combattants ?

Les forces en présence

3 Dans un tableau à deux colonnes, indiquez pour chacune des forces en présence :
- le nom du chef des armées ;
- le nombre approximatif de combattants ;
- les animaux dont ils se servent pour combattre.

Laquelle des deux armées paraît la plus puissante ?

4 Quelles sont les armes principalement utilisées ? Quelles autres armes apparaissent au cours du combat ?

5 Quel est le sens habituel du mot « château » ? Quel est son sens ici (l. 17) ? En quel matériau est-il construit ? pourquoi ?

Les épisodes de la bataille

6 Replacez dans l'ordre les épisodes suivants (l. 53 à 103).
- Les éléphants s'enfuient en démolissant tout dans le bois.
- Les adversaires se battent au corps à corps.
- Les chevaux des Tartares ont peur des éléphants et fuient.
- Les Tartares sont vainqueurs.
- Les gens du roi ripostent en lançant des flèches.
- Les Tartares poursuivent leurs ennemis.
- Les Tartares attachent leurs chevaux effrayés aux arbres et lancent des flèches aux éléphants.

7 Dans les lignes 66 à 72 et 80 à 91, relevez les verbes d'action. Quel est le temps dominant des verbes employés ? Quel rythme cet emploi donne-t-il à la narration ?

La stratégie

8 Pour quelles raisons peut-on dire que Nescradin est un bon capitaine ? Pourquoi poste-t-il ses troupes près du bois ?

9 À quel moment exhorte-t-il ses troupes ? Dans quelle mesure ses exhortations reflètent-elles l'idéal chevaleresque du Moyen Âge ?

10 Qui semble dominer au début de la bataille ? Qui gagne à la fin ? En quoi consiste le retournement de situation ?

11 De quelles qualités les Tartares font-ils preuve tout au long du combat ? Appuyez-vous sur le texte.

12 Quelles sont les conséquences de cette bataille pour le Grand Khan ?

Le regard du narrateur

La dramatisation

13 **a.** Étudiez comment est mise en valeur la fureur des éléphants, en relevant les termes qui expriment les mouvements et les sons (l. 76 à 84).

b. Dans quels groupes de mots trouvez-vous des allitérations (répétitions de mêmes consonnes) expressives ?

c. Cherchez une comparaison et une expression ironique.

Un récit épique

On appelle *récit épique* un récit qui célèbre les exploits d'un ou plusieurs héros, mêlant la vérité historique et la légende. L'épopée est caractérisée par le grossissement des faits (hyperbole ou exagérations) ; le rythme des phrases est créé par des répétitions.

14 Retrouvez ces procédés dans le récit de la mêlée (l. 92 à 103).

Étudier la langue

Les tournures de phrases médiévales

15 Transposez en français moderne les tournures suivantes : « or advint que » (l. 3) ; « or peut-on en voir » (l. 94) ; « pourquoi vous ferais-je long conte » (l. 30-31) ; « et ce font par grande sagesse » (l. 33-34) ; « leur en lancent tant que c'en est merveille » (l. 69-70).

Le vocabulaire du Moyen Âge

16 Donnez la signification des mots suivants : « venir sus », « courir sus » (l. 25, 39, 93) ; « durement » (l. 55) ; « barguigner » (l. 87) ; « navrés » (l. 98). Dans quel genre de texte avez-vous pu déjà les rencontrer ?

S'exprimer

17 Vous avez déjà vu, au cinéma ou à la télévision, des scènes de bataille. Décrivez-en une, en utilisant des verbes d'action. Dites aussi les réactions que ces images provoquent en vous.

Se documenter

Les éléphants d'Hannibal

Les éléphants de combat sont déjà mentionnés par les Romains. En 218 avant J.-C., lors des guerres puniques qui opposèrent Carthage et Rome, Hannibal, chef carthaginois, fit venir d'Afrique ses éléphants et les mena à travers les Pyrénées et les Alpes jusqu'en Italie. Peu survécurent à cette terrible expédition.

On utilisa, selon moi, divers procédés pour faire passer les éléphants ; en tout cas, les récits de l'opération sont différents. D'après certains, alors que les éléphants étaient rassemblés sur la rive, le plus sauvage d'entre eux, que son cornac[1] avait agacé, se mit à poursuivre celui-ci qui s'était jeté à l'eau pour se sauver à la nage : il entraîna ainsi le troupeau ; la violence même du courant les emporta un à un, au fur et à mesure qu'ils perdaient pied et avaient peur de l'eau profonde, vers la rive opposée. Mais il est plus généralement admis qu'ils passèrent sur des radeaux ; ce procédé, qu'on aurait déjà tendance à considérer, avant l'opération, comme le plus sûr, est aussi, une fois celle-ci réalisée, celui qu'on est le plus porté à croire véridique. Ils juxtaposèrent, depuis la rive jusque dans le fleuve, les éléments d'un premier radeau de

1. Maître, conducteur d'éléphants.

deux cents pieds de long et de cinquante de large : pour qu'il ne fût pas emporté par le courant, ils l'attachèrent au haut de la berge au moyen de plusieurs câbles solides, et, comme pour faire un pont, le recouvrirent de terre de façon que les animaux s'y engagent carrément, se croyant sur la terre ferme. À celui-ci ils relièrent un second radeau, d'une largeur égale et de cent pieds de long, fait pour traverser le fleuve : on fit ensuite avancer sur le radeau fixe, comme sur une route, trois éléphants, avec, devant eux, des femelles ; à peine étaient-ils passés sur le petit radeau qui lui était accolé qu'on défit les câbles qui l'amarraient de façon sommaire, et que quelques bateaux légers le remorquèrent jusqu'à la rive opposée ; quand on eut fait débarquer ainsi les premiers, on alla chercher les autres et on les fit traverser. Ils ne montraient aucune agitation, tant qu'on les faisait avancer sur la sorte de pont qui tenait à la terre, mais ils commençaient à prendre peur quand, le radeau une fois détaché du reste, ils étaient emmenés au large. Là, se serrant les uns contre les autres, ceux qui étaient au bord s'écartant de l'eau, ils manifestaient une assez grande agitation jusqu'à ce que, se voyant entourés d'eau, leur propre peur les fît se tenir tranquilles. Il y en eut aussi quelques-uns qui, en se débattant, tombèrent dans le fleuve ; mais leur masse suffisant à les maintenir d'aplomb, leur cornac une fois démonté, ils réussirent, en cherchant pas à pas les hauts fonds, à se hisser jusqu'à la rive.

Tite-Live, *Histoire romaine*, tome XI, livre XXI, traduction de Paul Jal, Paris, Les Belles Lettres, 1988.

Seigneur se déplaçant à dos d'éléphant. École moghole, vers 1715. Gouache sur papier.

Texte 12

Curiosités de l'Inde

Après la Chine, Marco Polo passe à la description de l'Inde dont il va longer les côtes durant son voyage de retour par la mer. Il évoque ici un certain nombre de pratiques et de croyances propres à l'hindouisme, qui est la principale religion de l'Inde.

Ci devise de la grande province de Maabar

Quand on part de l'île de Seilan[1] et va vers le Ponant[2] environ soixante milles, on trouve la grande province de Maabar[3] qui est appelée l'Inde Majeure, et c'est meilleure Inde qui soit. […] Et sachez que, quand le roi meurt, et que son corps brûle en un grand feu, alors tous ces barons, qui étaient ses fidèles comme je vous ai dit plus haut, se jettent dans le feu et se brûlent avec le roi pour lui tenir compagnie en l'autre monde. Car ils disent que, puisqu'ils ont été ses compagnons dans ce monde, ils doivent l'être aussi, et le servir, en l'autre monde. […]

Et encore vous dis qu'en ce royaume y a encore une autre coutume : quand un homme est mort et que son corps est en train de brûler, sa femme se jette dans le feu même et se laisse brûler avec son baron par amour pour lui, disant qu'elle veut aller avec lui en l'autre monde. Et les dames qui font ainsi sont fort louées des gens. Et vous dis très véritablement que maintes dames font ce que je vous ai conté, mais non pas toutes, et celles qui ont peur de mourir avec leurs époux sont bien blâmées.

1. L'île de Ceylan, aujourd'hui appelée Sri Lanka, au sud-est de l'Inde.
2. L'Occident, l'Ouest.
3. La côte sud-est de l'Inde, actuelle côte de Coromandel.

Et encore vous dis que ceux de ces royaumes adorent les idoles, et la plupart adorent le bœuf[4], disant que le bœuf est une très bonne chose, parce qu'il laboure la terre qui fait pousser le grain. Aussi, pour rien au monde, nul ne mangerait du bœuf, ni n'en tuerait un pour tout l'or du monde. Mais vous dis encore qu'il y a une sorte d'hommes appelés gavi[5], qui mangent bien la chair du bœuf, mais il s'en faut qu'ils osent l'occire : seulement quand aucun bœuf meurt de sa belle mort, ou d'une autre, par quelque accident, alors ces gavi le mangent. [...]

Et je vous dis encore qu'ils ont cette coutume : tous, mâles et femelles, se lavent deux fois par jour tout le corps à grande eau, le matin et le soir ; autrement, ils ne mangent ni ne boivent jusqu'à ce qu'ils se soient lavés ; et celui qui ne se lave pas deux fois par jour est tenu pour un hérétique[6], tout comme nous tenons les patarins[7]. Ils se lavent ainsi : comme je l'ai dit plus haut, ils vont tous nus, et c'est ainsi, tous nus, qu'ils vont à la rivière, prennent l'eau, se la jettent sur la tête et se frottent l'un l'autre. Et sachez qu'en mangeant, ils ne se servent que de la main droite, car de la gauche, ils ne toucheraient mie[8] aucune nourriture. Toutes les choses propres et belles, ils les font et touchent de la main droite, car l'office de la gauche est réservé aux nécessités malpropres ou déplaisantes, comme de se nettoyer les narines, le fondement[9], ou choses semblables. En outre, ils ne boivent que dans des coupes, et chacun dans la sienne ; nul ne boirait mie en celle d'un autre ; et quand ils boivent, ils ne portent point la coupe à la bouche : la tenant en l'air, ils se versent la boisson dans la bouche.

Chapitre CLXXVII.

4. Aujourd'hui, on l'appelle « vache sacrée ».
5. Caste non identifiée : le terme sanskrit (langue ancienne des prêtres et des savants en Inde) *gavi* désigne la vache.
6. Qui a des idées ou des pratiques contraires à la religion officielle.
7. Membres d'une secte chrétienne qui ne récitaient que des *Pater* (prière chrétienne). Ici, synonyme d'hérétiques.
8. *Ne... mie*, équivalent de ne... pas.
9. L'anus.

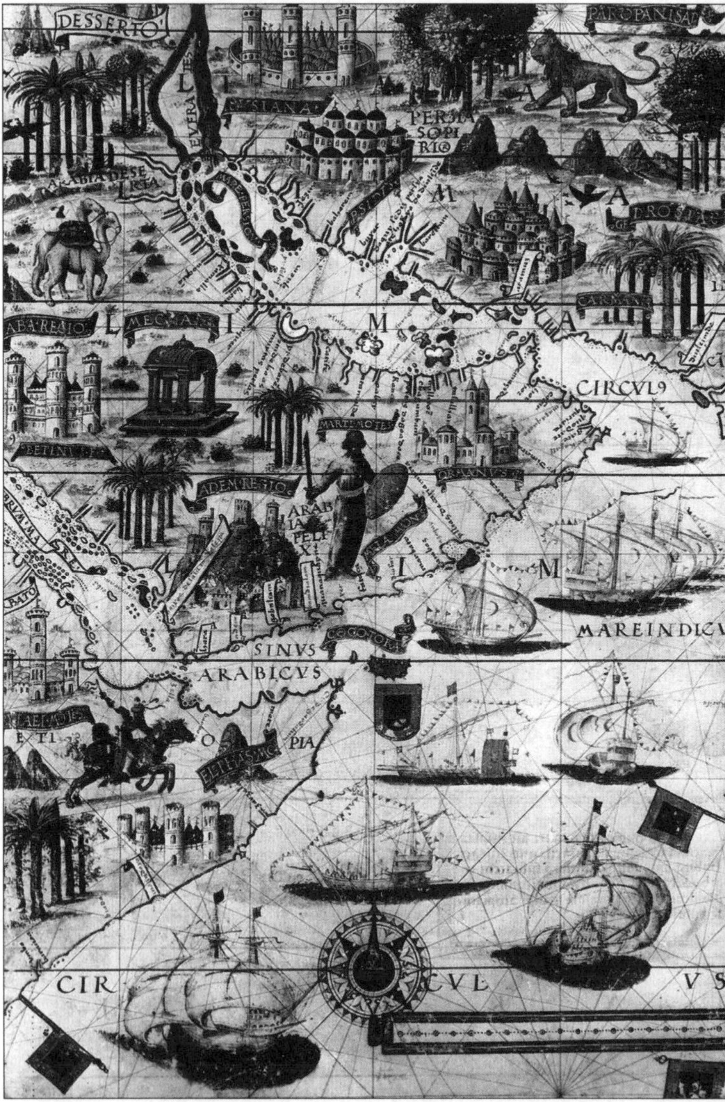

L'Asie. Carte du début du XVIe siècle. Atlas nautique portugais par Lopo Honem

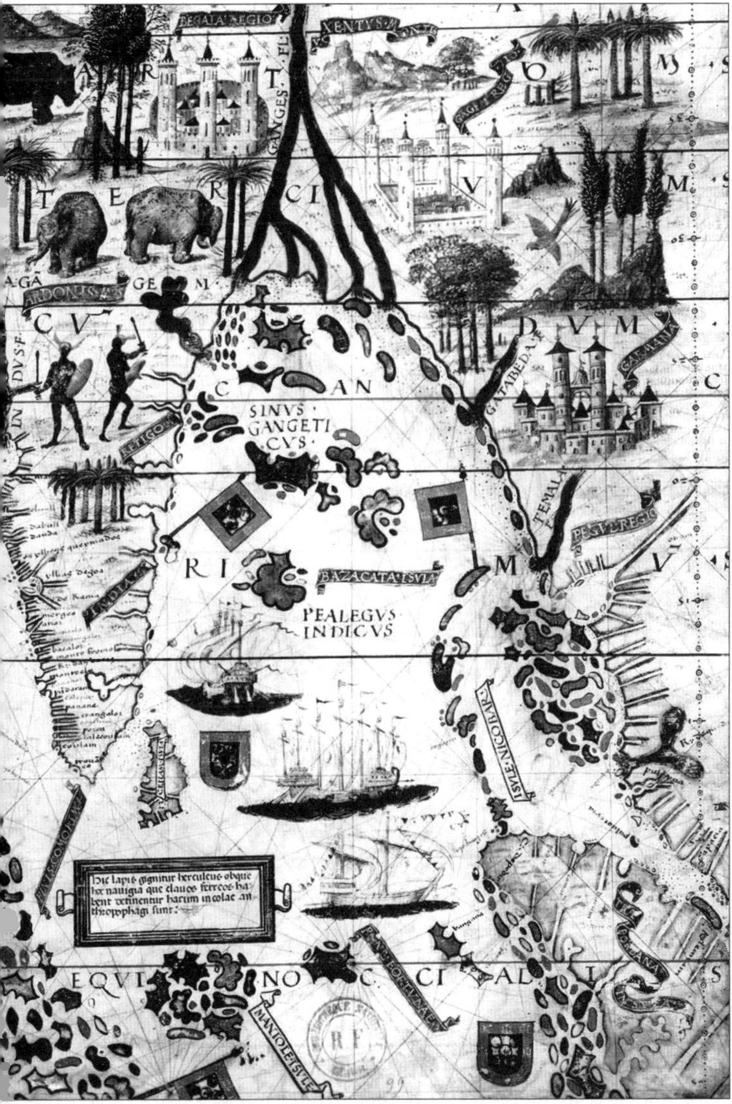

(Atlas Miller). Manuscrit enluminé sur parchemin.

Questions

Repérer et analyser

La situation d'énonciation

1 Rappelez la situation d'énonciation (voir la leçon, p. 12).

2 Relevez les expressions par lesquelles l'énonciateur s'adresse au destinataire.

Les informations fournies : les coutumes hindoues

3 Situez, sur la carte p. 8, la région dont il est question ici.

4 Divisez cet extrait en différentes parties selon les coutumes évoquées.

5 Qu'est-ce qu'un rite funéraire ? Lequel est pratiqué par les Hindous ? Comment s'appelle-t-il ?

6 Quelles personnes se jettent au feu avec le mort (l. 5 à 20) ? De quelle qualité veulent-elles faire preuve ?

7 Quel animal est sacré en Inde ? Combien de fois son nom est-il cité dans les lignes 21 à 29 ?

8 Pourquoi est-il nécessaire de se laver fréquemment dans un pays chaud comme l'Inde ? L'eau est-elle seulement associée à la propreté ? Quelle autre fonction a-t-elle comme l'indique l'emploi du mot « hérétique » (l. 34) ?

9 À quoi est associée la main droite ? la main gauche ? Pourquoi ne se sert-on pas des deux mains pour manger, notamment ?

La visée

10 Quel regard le narrateur porte-t-il sur ces coutumes ? Les juge-t-il ou non ?

Étudier la langue

Les points cardinaux

11 Que désigne le Ponant (l. 2) ? Quels autres mots connaissez-vous pour désigner la même direction ? Dans *Le Livre des Merveilles*, que représentent le Levant, la Tramontane ?

Les expressions imagées

12 Que signifient ces expressions – encore employées aujourd'hui : « aller dans l'autre monde » (l. 16) ; « pour tout l'or du monde » (l. 25) ; « mourir de sa belle mort » (l. 28) ; « se laver à grande eau » (l. 31-32) ?

S'exprimer

13 Marco Polo et ses compagnons s'installent pour déjeuner. Les habitants de Maabar s'étonnent : racontez en adoptant leur point de vue.

Se documenter

Zadig

On dit que les veuves, qui se jettent dans le bûcher funéraire de leur mari, font *sati*. Cette coutume s'est malheureusement poursuivie pendant plusieurs siècles. Dans un de ses contes philosophiques, Voltaire imagine son héros, Zadig, invitant une jeune veuve à renoncer à cette cruelle pratique, au nom de la raison.

Il y avait alors dans l'Arabie une coutume affreuse, venue originairement de Scythie, et qui, s'étant établie dans les Indes par le crédit des bracmanes[1], menaçait d'envahir tout l'Orient. Lorsqu'un homme marié était mort et que sa femme bien-aimée voulait être sainte, elle se brûlait en public sur le corps de son mari. C'était une fête solennelle qui s'appelait le bûcher du veuvage. La tribu dans laquelle il y avait eu le plus de femmes brûlées était la plus considérée. Un Arabe de la tribu de Sétoc étant mort, sa veuve, nommée Almona, qui était fort dévote[2], fit savoir le jour et l'heure où elle se jetterait dans le feu au son des tambours et des trompettes. Zadig remontra à Sétoc combien cette horrible coutume était contraire au bien du genre humain ; qu'on laissait brûler tous les jours de

1. Prêtres hindous appelés aujourd'hui brahmanes.
2. Très pieuse et respectueuse des pratiques religieuses.

jeunes veuves qui pouvaient donner des enfants à l'État, ou du moins élever les leurs ; et il le fit convenir qu'il fallait, si on pouvait, abolir un usage si barbare. Sétoc répondit :
« Il y a plus de mille ans que les femmes sont en possession de se brûler. Qui de nous osera changer une loi que le temps a consacrée ? Y a-t-il rien de plus respectable qu'un ancien abus ?
– La raison est plus ancienne, reprit Zadig. Parlez aux chefs des tribus, et je vais trouver la jeune veuve. »
Il se fit présenter à elle ; et, après s'être insinué dans son esprit par des louanges sur sa beauté, après lui avoir dit combien c'était dommage de mettre au feu tant de charmes, il la loua encore sur sa constance et sur son courage.
« Vous aimiez donc prodigieusement votre mari ? dit-il.
– Moi ? Point du tout, répondit la dame arabe. C'était un brutal, un jaloux, un homme insupportable ; mais je suis fermement résolue de me jeter sur son bûcher.
– Il faut, dit Zadig, qu'il y ait apparemment un plaisir bien délicieux à être brûlée vive.
– Ah ! cela fait frémir la nature, dit la dame ; mais il faut en passer par là. Je suis dévote ; je serais perdue de réputation, et tout le monde se moquerait de moi, si je ne me brûlais pas. »
Zadig, l'ayant fait convenir qu'elle se brûlait pour les autres, et par vanité, lui parla longtemps d'une manière à lui faire aimer un peu la vie, et parvint même à lui inspirer quelque bienveillance pour celui qui lui parlait.
« Que feriez-vous enfin, lui dit-il, si la vanité de vous brûler ne vous tenait pas ?
– Hélas ! dit la dame, je crois que je vous prierais de m'épouser. »

Voltaire, *Zadig*.

Texte 13

Sagamoni Burcan, le Bouddha

Le voyage de retour de Marco Polo dura trois ans. Il mit trois mois avant d'atteindre Sumatra par la mer, dix-huit pour gagner le golfe Persique et débarquer à Ormuz. Enfin, par terre, une année lui fut nécessaire pour retrouver sa ville natale, Venise. Il évoque ici Ceylan et en profite pour faire connaître la vie du Bouddha aux lecteurs.

Ci devise encore de l'île de Seilan

Seilan[1] est une grande et belle île, comme je vous l'ai dit plus haut en ce livre. Or est vrai qu'en cette île est une montagne très grande et haute, dont les roches sont si abruptes que nul n'y peut monter, si ce n'est comme je vous dirai. Car à cette montagne pendent maintes grandes et grosses chaînes de fer, disposées de telle manière que les hommes peuvent monter par ces chaînes jusque sur la montagne. Or vous dis qu'ils disent que sur ce mont est le monument d'Adam, notre premier père. Les Sarrazins, du moins, disent que c'est le sépulcre d'Adam, mais les Idolâtres disent que c'est le monument de Sagamoni Burcan[2].

Et ce Sagamoni Burcan fut le premier homme au nom duquel fut fait premièrement idole ; car, selon leur usage, celui-là fut le meilleur homme qui fut jamais parmi eux, et ce fut le premier qu'ils tinrent pour saint et au nom duquel ils firent idoles. Ce

1. L'île de Ceylan, aujourd'hui appelée Sri Lanka, au sud-est de l'Inde.

2. *Bourkhan* : « celui qui apporte la preuve », en mongol. *Shakyamoni* : « Sage des Shakya », Shakya étant la tribu à laquelle appartenait le Bouddha. Ces différents termes servent à le désigner.

fut le fils d'un grand roi et riche et puissant, et ce fils fut de si bonne vie qu'il ne voulut jamais s'entendre à nulle chose mondaine, ni ne voulut être roi. Et son père, quand il voit que son fils ne voulait être roi, et qu'il ne voulait s'entendre à nulle chose du monde, il en a grand'ire[3], et afin de le détourner d'un tel dessein[4], il lui promet de grandes choses. Il l'envoie trouver et lui offre une très grande offrande, lui disant qu'il le veut couronner roi du royaume et qu'il en sera sire à sa volonté. Et encore, qu'il lui voulait laisser la couronne et ne lui commander en rien, seulement qu'il fût seigneur et maître. Mais son fils dit qu'il ne voulait rien.

Et quand son père voit qu'il ne voulait la seigneurie de nulle manière au monde, il en a si grand'ire que peu s'en faut qu'il ne mourût de deuil[5]. Et ce n'est pas merveille, puisqu'il n'aurait plus de fils de celui-là et n'avait plus personne à qui laisser le royaume. Après avoir profondément pensé, adonc se conduit le roi de cette manière. Car il se dit à lui-même qu'il fera une telle chose que son fils se rendra volontiers aux choses mondaines, et qu'il prendra la couronne et le royaume. Il le fait donc amener en un très beau palais et lui donne trente mille pucelles[6] très belles et avenantes pour le servir. [...] Elles chantaient, elles sonnaient de maints instruments, elles dansaient devant lui et lui faisaient tout l'agrément possible, ainsi que le roi le leur avait commandé. Et vous dis que toutes ces pucelles ne purent tant faire que le fils du roi se laissât aller à quelque luxure[7], mais demeura plus fermement et chastement qu'il ne faisait auparavant, et menait très bonne vie selon leurs usages.

Et vous dis qu'il était si délicat damoiseau[8] qu'il n'était jamais sorti du palais de son père en son enfance, et n'avait jamais

3. Terme ancien pour colère.
4. Projet.
5. Ici : chagrin.
6. Jeunes filles vierges.
7. Plaisirs des sens.
8. Jeune homme.

vu homme mort, ni nul autre qui ne fût point sain de ses membres, car le père ne laissait aller devant lui nul homme vieux ou décrépit[9]. Or advint que ce damoiseau, ayant obtenu de son père la permission de sortir en très noble compagnie, chevauchait un jour par la ville, quand il vit un homme mort qu'on menait à sépulturer[10] et que beaucoup de gens suivaient. Il en devint tout ébahi, comme celui qui jamais n'en a vu aucun. Il demande aussitôt à sa suite quelle chose c'était, et ils lui dirent en réponse que c'était un homme mort.

« Eh quoi, dit le fils du roi, tous les hommes meurent-ils donc ?

– Oui, vraiment, font ceux-ci. »

Adonc le damoiseau ne dit rien et chevauche plein de pensées. Et il n'avait pas chevauché bien loin qu'il trouve un très vieil homme courbé par l'âge, qui ne pouvait marcher et n'avait dent en bouche, mais les avait toutes perdues par grande vieillesse. Et quand le fils du roi vit ce vieillard, il demande quelle chose c'était, pourquoi il était si courbé, pourquoi il ne pouvait aller, pourquoi il avait perdu ses dents. Et ceux qui étaient avec lui répondirent que par vieillesse il ne pouvait aller, par vieillesse il avait perdu ses dents. À quoi dit le jouvenceau :

« Et comment un jeune homme devient-il vieux et courbé comme cela ?

À quoi les serviteurs répondirent :

– Sire, tous ceux qui vivent longtemps en ce monde doivent devenir vieux comme cet homme, et puis mourir. »

Et quand le fils du roi eut bien entendu du mort et du vieillard, il retourna en son palais et se dit à lui-même qu'il ne demeurerait point davantage en ce mauvais siècle imparfait, mais dit qu'il irait chercher celui qui ne meurt point et celui qui l'avait fait. Et il ne fit rien d'autre. Une nuit, il quitta

9. Physiquement dégradé, usé.

10. Enterrer.

secrètement le palais de son père. Il s'en alla en très grandes montagnes écartées et y demeura toute sa vie, très honnêtement et chastement, et faisant très grande abstinence[11]. Car certes, s'il avait été baptisé chrétien, il aurait été un grand saint avec Notre Seigneur Jésus-Christ.

Et quand ce fils du roi mourut, il fut rapporté au roi son père. Et quand il le vit mort, celui qu'il aimait plus que soi-même, point n'est besoin de demander s'il en eut grand'ire et douleur. Il en eut très grand deuil, et fit faire une image toute à la semblance de lui, toute d'or et de pierres précieuses. Quand il l'eut ainsi faite, il l'envoya par tous les peuples de son royaume et la fit honorer par tous ceux du pays et adorer comme Dieu.

Et ils disent qu'il fut dieu, et disent qu'il l'est encore, et aussi qu'il mourut quatre-vingt-quatre fois, car, disent-ils, quand il mourut la première fois, il devint bœuf, puis il mourut une autre fois et devint cheval, et puis singe, et ainsi, disent-ils, il mourut quatre-vingt-quatre fois, et chaque fois, disent-ils, il devint un animal, soit chien, soit autre chose, mais la quatre-vingt-quatrième fois, disent-ils, il mourut et devint dieu, et les Idolâtres le tiennent pour le meilleur et le plus grand de leurs dieux. Ils adorent son image, et sachez que ce fut la première idole qu'eurent les Idolâtres, et c'est de lui, disent-ils, que descendent toutes les idoles de ces provinces. Et c'était en l'île de Seilan, en Inde.

Chapitre CLXXXI.

11. Privation volontaire.

Repérer et analyser

La situation d'énonciation

1 Rappelez la situation d'énonciation (voir la leçon, p. 12).

2 Relevez les expressions par lesquelles l'énonciateur s'adresse au destinataire.

Le personnage du Bouddha

La jeunesse du Bouddha

3 De qui Sagamoni Burcan est-il le fils ? À quelle classe sociale appartient-il ?

4 Qu'est-ce que son père attend de lui ?

5 Dans quel endroit le jeune homme passe-t-il sa jeunesse ?

La vie et la mort du Bouddha

6 Dans quelle phrase le jeune homme exprime-t-il la décision qu'il prend avant de quitter le palais ? Que signifie le mot « siècle » (l. 75) ?

7 Quels mots rendent compte des sentiments du père après la mort de son fils (l. 83 à 90) ?

8 Comment appelle-t-on la théorie selon laquelle l'âme passe d'un corps dans un autre corps après la mort ? Que devient le Bouddha après sa mort, selon Marco Polo ? Quel est son état final ?

Les rencontres

9 Pourquoi, selon vous, le roi ne veut-il pas laisser son fils sortir du palais ? Que veut-il lui éviter ?

10 **a.** Quelles sont les deux rencontres importantes faites par le jeune homme ? Où les fait-il ?

b. Dans quel état d'esprit se trouve le jeune homme après la première rencontre (l. 53 à 58) ? Citez le texte.

11 Que symbolisent les deux rencontres faites par le jeune homme ?

12 Ces rencontres changent sa façon de voir la vie : quel nouveau mode de vie choisit-il ? Qu'en attend-il ?

13 Pourquoi Marco Polo dit-il qu'il aurait été « un grand saint » s'il avait été baptisé ?

La visée

14 Pour quelle raison Marco Polo rapproche-t-il Bouddha de Jésus-Christ ? Quelle image donne-t-il du Bouddha ?

Étudier la langue

15 Relevez dans ce récit les termes qui désignent, au Moyen Âge, un jeune homme et une jeune fille.

S'exprimer

16 Quelques mois après son départ, le futur Bouddha écrit une lettre à son père pour lui expliquer les raisons de son choix.

Se documenter

Les noms du Bouddha

Le Bouddha appartenait à la tribu des Shakya, et sa famille était attachée au clan des Gautama. C'est pourquoi on lui donne parfois les noms de Shakyamuni, « le sage des Shakya » et Gautama, du nom de sa famille. Il est aussi appelé Siddhârtha, « celui qui atteint son but » ou Bouddha, c'est-à-dire « l'Éveillé », celui qui a reçu l'éveil de la conscience (*bodhi* signifie « l'éveil » en sanskrit, la langue ancienne de l'Inde). Il vécut dans les années 560 à 480 avant Jésus-Christ, sa famille était établie sur les bords du Gange. (La ville la plus célèbre située sur ce fleuve est Bénarès.)

Les rencontres du Bouddha

Le Bouddha fait la découverte de la vieillesse, de la maladie et de la mort à travers trois rencontres qui sont évoquées dans de nombreux textes. Une quatrième rencontre va le convaincre définitivement de changer de vie : celle d'un moine mendiant à l'esprit paisible. Sa vue console le prince et lui indique la voie à suivre. (D'après *La Vie du Bouddha*, A. Foucher.)

Texte 14

L'oiseau Roc

Ci devise de l'île de Mogedaxo

Mogedaxo[1] est une île à environ mille milles de Scotra, en naviguant entre Midi et Garbin[2]. Ils sont sarrazins et adorent Mahomet. Ils n'ont roi, mais quatre *esceqq*[3], ce qui veut dire quatre vieux hommes [...]. Sachez encore qu'en cette île y a arbres de santal vermeil aussi grands que sont les arbres de notre contrée, et qu'ils vaudraient assez cher en un autre pays. Ils en ont bois, comme nous avons d'autres arbres sauvages. Ils ont assez d'ambre, parce qu'en cette mer, y a baleines en grande abondance, et encore y a assez de cachalots ; et comme ils prennent assez de ces baleines et de ces cachalots, ils ont de l'ambre en grande quantité. Et vous savez que la baleine fait l'ambre. Ils ont léopards, onces[4] et loups, et d'autres bêtes outre mesure : cerfs, chevreuils, daims et autres semblables. Ils ont en multitude des chasses de différentes bêtes et oiseaux. Ils ont aussi de fort gros troupeaux. Il y a d'étranges oiseaux, si différents des nôtres, que c'en est merveille. Ils ont maintes marchandises et y viennent maintes nefs[5] avec maintes marchandises, draps d'or et de soie de plusieurs sortes, et maintes autres choses que nous ne vous conterons pas ici ; ils vendent tout cela et l'échangent contre les marchandises de l'île. Les marchands y viennent avec leurs nefs chargées, les déchargent toutes et vendent, puis les chargent des marchandises de l'île, et, une fois chargés, s'en vont. Je vous le dis, ils y font grand profit et grand gain, les marchands. [...]

1. On a longtemps confondu ce nom avec celui de Madagascar. En réalité, il s'agit de la région de Mogadiscio, en Somalie.
2. *Midi* : sud. *Garbin* : sud-ouest (de l'arabe *gharbyi*, occidental).
3. Sans doute la déformation de *cheiks*, chefs arabes.
4. Panthères d'Asie.
5. Terme ancien pour bateau, navire.

Et maintenant, voici une grande merveille. Et encore sachez très véritablement qu'en ces autres îles qui sont en si grande quantité vers le Midi, et où les nefs ne vont jamais volontairement à cause du courant qui règne en ces régions, disent les hommes qui ont été là-bas, qu'on y trouve de très terribles oiseaux griffons, et disent que ces merveilleux oiseaux apparaissent, venant du Midi, à certaines saisons de l'an. Mais sachez qu'ils ne sont nullement faits comme nos gens d'ici le côtoient ou comme nous les faisons représenter, en disant qu'ils sont mi-oiseaux et mi-lions. Selon ce que content ceux qui les ont vus, ce n'est pas la vérité. Mais je vous dis que moi, Marco Polo, quand j'en ai d'abord entendu parler, j'ai pensé que ces oiseaux étaient des griffons, et me suis enquis[6] auprès de ceux qui disaient les avoir vus. Et ceux qui les ont vus ont affirmé très constamment qu'ils ne ressemblaient à une bête terrestre en aucune manière, et qu'ils avaient seulement deux pattes comme les oiseaux ; ils disent que c'est fait exactement comme un aigle, mais démesurément grand.

Je vous deviserai un peu de ce que disent ceux qui l'ont vu, et aussi ce que j'en ai vu. Ils disent qu'il est si grand et si puissant qu'il prend un éléphant et l'emporte en l'air bien haut sans l'aide d'un autre oiseau, puis le laisse choir à terre, si bien que l'éléphant se défait tout ; alors, l'oiseau griffon descend sur lui, le déchire, le mange et s'en repaît à discrétion[7]. Ceux qui les ont vus disent que certains sont si vastes que les ailes ouvertes couvrent plus de trente pas, et que ses pennes[8] d'ailes sont longues de douze pas. Et elles sont très grosses, comme il convient à leur longueur. Ce que j'en vis moi-même, vous dirai en autre lieu, parce qu'il convient mieux à notre livre de faire ainsi.

Or vous ai seulement conté de l'oiseau griffon ce qu'en content ceux qui l'ont vu. Mais il est vrai que le Grand Can

6. S'enquérir : demander. **7.** À volonté. **8.** Grandes plumes des ailes.

envoya ses messagers pour se renseigner sur ces îles, et une seconde fois pour faire libérer un de ses messagers qui avait été pris ; et ces messagers, et celui qui avait été pris, contèrent au Grand Can maintes grandes merveilles de ces étranges îles. Ce messager apporta à son seigneur le Grand Can une plume de l'aile dudit oiseau Roc[9] ; je la mesurai, moi Marco Polo, et la trouvai longue de quatre-vingt-dix travers de main, et ayant deux de mes paumes de tout[10], ce qui devait certainement être tenu pour une merveille. Le Sire s'y plut singulièrement et fit de grands présents à ceux qui la lui avaient apportée.

Et vous dis aussi très véritablement que ces messagers apportèrent au Grand Can dents de sanglier sauvage, qui étaient démesurément grandes ; le grand sire en fit peser une en ma présence, et elle pesait, d'après nos mesures, plus de quatorze livres[11]. Vous pouvez donc savoir comment fut grand le sanglier qui telle dent avait.

Et vous dis qu'ils disent que dans cette île, il y a des sangliers qui sont grands comme un buffle. Moi-même, Marco Polo, j'ai vu les messagers, et la plume, et les dents. Ces messagers rapportèrent qu'en cette île sont aussi des girafes et des ânes sauvages en bon nombre. Bref, ils ont des bêtes et des oiseaux si différents des nôtres que ce serait merveille à ouïr, et plus grande merveille encore à voir.

Mais retournons un peu à l'oiseau griffon. Ceux de cette île l'appellent Roc et ne le nomment par autre nom ; ils ne savent point ce qu'un griffon pourrait bien être, mais nous croyons en vérité qu'en raison de la grande grandeur qu'ils attribuent à cet oiseau, ce doit être le griffon.

Chapitre CXCIV.

9. Oiseau arabe appelé Rukh (ou Rock), voisin du griffon grec et du Garuda indien, tous oiseaux fabuleux. L'Aepyornis, échassier de Madagascar, mesurant trois mètres de haut, a existé jusqu'en l'an 1000, et Marco Polo en a peut-être vu des restes.
10. De large.
11. Ancienne unité de masse qui vaut 380 g à 550 g, selon les provinces.

Questions

Repérer et analyser

La situation d'énonciation

1 Rappelez la situation d'énonciation (voir la leçon, p. 12).

2 Relevez les expressions par lesquelles l'énonciateur s'adresse au destinataire.

Les informations fournies

Les richesses de Mogedaxo

3 De quel continent s'agit-il dans ce texte ?

4 Quel est l'arbre très courant de cette région ? Recherchez dans un dictionnaire quelle est la particularité de son bois.

5 Faites la liste de tous les animaux marins ou terrestres que l'on rencontre dans l'île.

6 Quel champ lexical domine dans les lignes 17 à 25 ? Relevez tous les termes qui s'y rapportent.

7 Pourquoi peut-on dire que Marco Polo décrit « l'île » comme une sorte de paradis terrestre ?

Le griffon et le sanglier

8 Comment, selon Marco Polo, le griffon est-il représenté dans la tradition ? Citez le texte.

9 Comment ceux qui ont vu le griffon dans l'île le décrivent-ils ? Quel autre nom lui donnent-ils ?

Le regard du narrateur et la visée

Le récit de voyage présente une dimension informative mais accorde aussi une large place aux rêves et à l'imaginaire. On y trouve des créatures monstrueuses, des animaux fantastiques, fruits de l'imagination et de la peur éprouvée face à l'inconnu.

10 Marco Polo a-t-il vu le griffon de ses propres yeux ? Justifiez votre réponse en citant le texte.

11 Qu'a-t-il vu néanmoins dont il puisse témoigner ? Relevez tous les pronoms personnels d'insistance (« moi », « je ») dans les lignes 63 à 66.

12 Marco Polo insiste sur le fait que deux types de témoignage se chevauchent : celui de ceux qui ont « vu », et le sien, qui s'en démarque. Repérez, dans les lignes 26 à la fin, ce qui appartient à l'un ou l'autre de ces témoignages.

13 Avec quelles preuves Marco Polo rend-il l'existence du griffon et du sanglier géant vraisemblable ?

14 « Je vous le dis, ils y font grand profit et grand gain, les marchands » (l. 24-25). Quelle est ici la fonction de « marchands » ? En quoi ce terme, mis ainsi en relief, est-il important aux yeux de Marco Polo ? Quelle est la visée de ce passage ?

S'exprimer

15 À votre tour, décrivez un animal fantastique. Vous pourrez ensuite le dessiner.

Se documenter

Le bestiaire merveilleux

Les animaux imaginaires qui volent ou rampent dans l'esprit des hommes sont des hybrides, c'est-à-dire des êtres formés d'éléments appartenant à des espèces différentes.

On peut distinguer cinq grandes catégories :

1. Les hybrides homme-animal, dont l'aspect humain est très marqué : diables, anges, satyres, minotaures, divinités égyptiennes dont seule la tête est celle d'un animal.

2. Les hybrides animal-homme, qui ont le corps et l'attitude d'un animal mais dont la tête est humaine : sphinx, centaures, sirènes, Nãga d'Asie au corps de serpent et à la tête d'homme.

3. Les hybrides entièrement animaux, dits « animaux composites », constitués d'éléments empruntés à plusieurs espèces pour former une bête fabuleuse : le griffon, le dragon, le cheval Pégase, tous les animaux ailés ou issus de la mer.

4. Les hybrides à « combinaisons composites » où se mélangent caractères humains et animaux mais avec agrandissement, simplification, raccourcissement ou multiplication des membres ou des têtes : ce sont les cyclopes, les êtres à un seul pied, à grandes oreilles, les nains et les géants, les divinités hindoues à plusieurs bras.
5. Enfin, les êtres fabuleux issus de la nature ou d'objets de la réalité : l'homme-montagne, l'homme-arbre, l'épée humanisée.
À chaque créature ou à chaque métamorphose s'attache bien sûr une interprétation symbolique particulière. Dans tous les cas, ces figures reflètent la richesse de l'imaginaire des peuples.

Les découvertes de Marco Polo

Des poules poilues

Fascination et peur se rejoignent surtout quand il s'agit de contrées lointaines. Dans cet extrait, Marco Polo relève une bizarrerie de la nature… qu'il n'a pas vérifiée lui-même.

Et là, il y a une chose étrange qui mérite mention. Car je vous dis qu'on m'a dit – mais je ne l'ai pas vu moi-même – qu'il existe des poules qui n'ont pas de plumes, mais la peau avec du poil noir comme un chat, et qui sont toutes noires et grasses, de sorte que c'est chose étrange à voir. Elles font d'excellents œufs comme celles de notre pays et sont fort bonnes à manger.

Marco Polo, *Le Livre des Merveilles*,
chapitre CLVIII, « Ci devise du royaume de Fugiu ».

Questions de synthèse

« Le Livre des merveilles »

Les personnages

1 À quelle époque a vécu Marco Polo ? De quelle ville était-il originaire ? Quel métier exerçaient en général les hommes de sa famille ?

2 Sur quel empire régnait Kubilaï Khan ? Quel rôle joua Marco Polo auprès de lui ? Par quel autre nom Marco Polo le désigne-t-il fréquemment dans son récit ?

Le voyage de Marco Polo

3 Quel âge avait Marco Polo quand il partit pour l'Asie ? et quand il en revint ?

4 Quel était, au départ, le motif du voyage de Marco Polo ? Qui l'accompagnait ?

5 Quelle route emprunta Marco Polo pour se rendre auprès de Kubilaï Khan ? et pour regagner son pays ? Quels moyens de transport a-t-il vraisemblablement utilisés au cours de son voyage ?

6 Marco Polo visite et traverse de nombreux pays : récapitulez tous ceux dont il a été question lors de votre lecture, et situez-les sur une carte.

Le récit de Marco Polo

7 Dans quelles circonstances Marco Polo a-t-il écrit le récit de son voyage ?

8 En quelle langue l'a-t-il rédigé ?

9 Le récit de Marco Polo porte deux titres : lesquels ? Que signifient ici « merveilles » et « devisement » ?

10 Dans son introduction, Marco Polo précise qu'il évoque des « choses vues » et des « choses entendues ». Donnez un exemple de chaque pour justifier la différence qu'il tient à faire entre ces deux types de témoignage. Lesquels vous semblent les plus fiables ? pourquoi ?

Questions de synthèse

Un genre littéraire : le récit de voyage

Le récit d'un témoin

11 À qui Marco Polo destine-t-il son récit de voyage ? (Relisez son introduction, page 10.)

12 Les informations fournies par Marco Polo sont de plusieurs types : il évoque les coutumes, l'habitat et l'architecture, la faune et la flore, certains événements historiques et des anecdotes personnelles. Donnez un exemple de chaque en indiquant les références du texte concerné (titre, numéro de chapitre et de pages).

Un discours dominant : la description

13 Pour communiquer à ses lecteurs le fruit de ses étonnantes découvertes, Marco Polo use abondamment de la description. Citez un exemple de description méliorative : quels procédés utilise alors Marco Polo ?

14 Dans son introduction (p. 10), Marco Polo déclare écrire un « livre sincère et véritable, sans nul mensonge ». Pensez-vous que son récit est réellement objectif ? Justifiez votre réponse.

Une culture différente

15 Marco Polo compare souvent le monde qu'il découvre à celui d'où il vient. Dans quel but ?

16 Qu'éprouve Marco Polo envers Kubilaï Khan et son empire ? Quelle image en donne-t-il ? Citez un ou deux épisodes à l'appui de votre réponse.

Deuxième partie

Les routes de l'Asie

Récit de la vie de Xuan Zang

Le Maître de la loi des trois corbeilles

Xuan Zang [yan] [tsang] *est un pèlerin exemplaire. Moine bouddhiste érudit, il décide d'aller en Inde pour vérifier certains textes. Les relations diplomatiques ayant été rompues entre la Chine et différents pays, il désobéit à l'empereur et part secrètement pour l'Inde, en 629. À son retour, 10 ans plus tard, il sera cette fois accueilli avec les plus grands honneurs et passera le reste de sa vie à traduire les six cent cinquante-sept ouvrages qu'il a rapportés. Le récit de sa vie extraordinaire nous est connu par une biographie rédigée peu après sa mort et par les* Mémoires *d'un de ses disciples.*

Le Maître de la loi, après avoir visité avec respect les monuments sacrés, partit du royaume d'A yu tuo[1], suivit le cours du Gange et avec quatre-vingts personnes qui s'étaient embarquées sur le même bateau, il descendit dans la direction de l'est pour aller dans le royaume d'A ye mu qie[2] (Âyamukha). Quand il eut fait une centaine de li[3], il vit les deux rivages du fleuve ombragés d'arbres As´oka[4] dont le feuillage était extrêmement touffu. Ces arbres abritaient de chaque côté une dizaine de bateaux de pirates. Ceux-ci faisant force de rames, s'avancèrent à leur rencontre au milieu du courant, et se montrèrent tout à coup à leurs yeux. Plusieurs passagers, saisis d'épouvante, se précipitèrent dans le fleuve. Aussitôt les pirates entourèrent la barque et la conduisirent au rivage.

1. Ancien royaume de l'Inde situé dans la plaine du Gange, aujourd'hui appelé Oudh.
2. Le pays d'*A ye mu qie* (Âyamukha : crique) se trouve en Inde centrale, non loin de l'actuelle Allahâbâd.
3. Ancienne mesure chinoise, valant 576 m environ.
4. Arbres à fleurs rouges.

Là, ils forcèrent tous les passagers de quitter leurs vêtements, et les fouillèrent pour trouver ce qu'ils pouvaient avoir de précieux. Or, ces brigands adoraient la déesse Durgâ. Chaque année, en automne, ils cherchaient un homme bien fait et d'une belle figure; après l'avoir tué, ils prenaient sa chair et son sang, et les offraient en sacrifice à cette divinité, pour obtenir le bonheur. Quand ils eurent examiné le Maître de la loi, dont la taille noble et la figure distinguée répondaient à leurs vues cruelles, ils se regardèrent l'un l'autre d'un air joyeux:

« Nous allions, dirent-ils, laisser passer l'époque du sacrifice qu'exige notre déesse, faute de trouver un sujet digne d'elle; mais voici un religieux d'une belle stature et d'un visage charmant. Tuons-le pour obtenir le bonheur.

– Si ce corps vil et méprisable, leur dit Xuan Zang, pouvait répondre dignement au but de votre sacrifice, en vérité je n'en serais pas avare. Mais comme je viens des pays lointains pour admirer l'image de la Bodhi[5] et le pic du Vautour[6], me procurer des livres sacrés et m'instruire dans la Loi[7], ce vœu n'étant pas encore accompli, je crains, hommes généreux, qu'en m'ôtant la vie, vous ne vous attiriez les plus grands malheurs. »

Tous les hommes du bateau prièrent ensemble les pirates, il y en eut même qui offrirent de mourir à sa place; mais ils s'y refusèrent obstinément. Sur ces entrefaites, le chef des pirates envoya des hommes pour chercher de l'eau au milieu du bois fleuri d'As´oka, et les chargea de construire un autel en terre pétrie avec de la vase du fleuve; puis il ordonna à deux satellites[8] de tirer leurs sabres, d'entraîner Xuan Zang en haut de l'autel et de le sacrifier immédiatement. Mais le Maître de la loi ne laissa voir sur sa figure aucune trace de crainte ni d'émotion. Les pirates en furent touchés et surpris. Xuan Zang,

5. *Bodhi* : illumination. Ici, l'autel qui rappelle la nuit d'illumination du Bouddha.

6. Le pic du Vautour fait partie de la chaîne de montagnes qui traverse le Bihâr méridional (Magadha).

7. Ici, doctrine du Bouddha.

8. Hommes de main chargés d'exécuter les ordres d'un chef.

voyant qu'il ne pourrait y échapper, pria les brigands de lui accorder quelques moments de répit, et de ne point le presser avec violence.

« Laissez-moi, leur dit-il, entrer dans le Nirvâna[9] avec une âme calme et joyeuse. »

Tout à coup, au fond de son âme ravie, il lui sembla qu'il s'élevait jusqu'au mont Sumeru, et qu'après avoir franchi un, deux et trois cieux, il voyait dans le Ciel de la connaissance suffisante, le vénérable Maitreya[10] assis sur un trône resplendissant, et entouré d'une multitude de deva[11]. Dans ce moment, il nageait dans la joie, de corps et d'âme, sans savoir qu'il était près de l'autel, sans songer aux pirates altérés de son sang. Mais ses compagnons s'abandonnaient aux cris et aux larmes, lorsque soudain un vent furieux s'élève de tous côtés, brise les arbres, fait voler le sable en tourbillons, soulève les flots du fleuve et engloutit les bateaux. Les pirates sont saisis de terreur, et interrogeant les compagnons de Xuan Zang :

« D'où vient ce religieux et quel est son nom, leur demandèrent-ils.

– C'est, répondirent-ils, un religieux renommé qui vient de Chine pour chercher la Loi ; si vous le tuez, seigneurs, vous vous attirerez des châtiments sans nombre. Ne voyez-vous pas déjà, dans les vents et les flots, des signes terribles de la colère des esprits du ciel ? Hâtez-vous de vous repentir. »

Les brigands, saisis d'effroi, s'exhortèrent[12] mutuellement au repentir et, se prosternant jusqu'à terre, renoncèrent à leurs projets homicides.

« Récit de la vie de Xuan Zang », dans *L'Inde du Bouddha vue par des pélerins chinois sous la dynastie Tang*, éd. de René Étiembre, Paris, Calmann-Lévy, 1968.

9. Mot sanskrit signifiant « extinction ». Dans le bouddhisme, fin du cycle des renaissances.

10. *Maitreya* : le Bouddha futur, celui qui doit succéder au Bouddha Sâkyamuni.

11. Habitants du monde céleste.

12. S'inviter avec insistance.

Repérer et analyser

Le déroulement de l'action

L'attaque des pirates

1 Quelle est la première réaction des passagers face aux pirates ?

2 Pourquoi les pirates choisissent-ils Xuan Zang pour le sacrifier à Durgâ ?

Les préparatifs du sacrifice

3 **a.** Quelle est la réaction du pèlerin ?

b. Qu'essaient de faire les autres passagers ?

c. Les pirates fléchissent-ils ? Que décide leur chef ?

Un coup de théâtre

4 **a.** Quelle conjonction de coordination indique l'effet de surprise provoqué par Xuan Zang (l. 41) ?

b. Opposez les termes qui caractérisent l'attitude du Maître et celle des pirates (l. 41 à 43).

5 Xuan Zang a-t-il accepté de mourir ? Quelle est sa dernière requête ?

6 Quel événement de type surnaturel survient alors ?

Le renversement de situation

7 Comment sont interprétées les manifestations soudaines de la nature ?

8 Quelle est alors la réaction des pirates ? Citez le texte. Comment l'interprétez-vous ?

Guillaume de Rubrouck

Voyage dans l'empire mongol (1)

Sur ordre de Saint Louis, un émissaire est envoyé pour porter la bonne parole aux Mongols : il s'agit d'un moine franciscain du nom de Guillaume de Rubrouck. Parti de Soldaia en Crimée le 1er juin 1253, il parcourra l'empire mongol jusqu'en 1255, soient 16 000 kilomètres en deux ans ! Son récit de voyage est une œuvre fourmillant de renseignements précis, variés, où l'auteur se montre tout à la fois ethnologue, géographe et historien. Ses informations sont, sans aucun doute, plus précises que celles de Marco Polo car il ne rapporte que ce qu'il a vu. Il est aussi le premier à avoir identifié le pays des Sères et le Catay..., c'est-à-dire la Chine. Il décrit ici très précisément l'habitat des Mongols et notamment la yourte[1].

Trois jours après avoir quitté Soldaia[2], nous rencontrâmes les Tartares. Lorsque j'entrai parmi eux, il me sembla véritablement que j'entrais en un autre monde ! Je vais vous décrire de mon mieux leur mode de vie et leurs mœurs.

Ils n'ont pas de résidence fixe et ne savent jamais où ils seront le lendemain. Ils se sont partagé la Scythie qui s'étend du Danube jusqu'au Levant[3] ; chaque capitaine, selon qu'il a plus ou moins d'hommes sous ses ordres, connaît les limites de ses pâturages, il sait où il doit faire paître en hiver et en été, au printemps et en automne. En hiver ils descendent vers des régions plus chaudes, au sud ; en été ils remontent vers des régions plus fraîches, au nord. En hiver, quand il y a de la

1. Tente de feutre ronde, encore utilisée aujourd'hui (voir p. 40).

2. En Crimée (Russie).

3. Il s'agit donc de toute l'Asie.

neige, ils ont des pâturages sans eau, parce que la neige leur en tient lieu.

La maison où ils dorment, ils l'édifient sur une base circulaire de baguettes tressées ; la charpente de la maison est faite de baguettes qui convergent au sommet en un orifice circulaire d'où sort un conduit analogue à une cheminée ; ils la couvrent de feutre[4] blanc qu'ils enduisent assez fréquemment de chaux ou de terre blanche et de poudre d'os afin d'aviver l'éclat de sa blancheur. Parfois aussi, ils usent de feutre noir.

Le feutre qui entoure l'orifice supérieur est décoré de dessins d'une belle variété. Devant la porte ils suspendent de même une pièce de feutre ouvré, historié[5] avec art. Ils cousent, feutre sur feutre, des motifs colorés qui représentent vignes, arbres, oiseaux et bêtes. Ces maisons, ils les font si vastes qu'elles atteignent parfois trente pieds[6] de large. Moi-même, une fois, j'en ai mesuré une : entre les ornières laissées par son chariot[7] il y avait vingt pieds et la maison posée sur le chariot dépassait bien de cinq pieds de chaque côté. J'ai compté, attelés à un même chariot, jusqu'à vingt-deux bœufs qui tiraient une maison : onze de front et onze autres devant eux. L'essieu du chariot était grand comme un mât de navire, et un seul homme était debout sur le chariot, devant le seuil de la maison, pour mener ces bœufs.

En outre, ils fabriquent avec de fines baguettes tressées des caisses quadrangulaires qui ont la taille d'un grand coffre, entièrement recouvert d'un couvercle bombé de même facture. Ils y pratiquent une petite ouverture à l'extrémité antérieure. Puis ils couvrent ce coffre – ou maisonnette – de feutre noir enduit de suif ou de lait de brebis pour le protéger de la pluie

4. Laine de chameau ou de mouton foulée.
5. Décoré, orné.
6. Ancienne unité de mesure de longueur, valant 0,324 m.
7. Le transport des tentes laissées à demeure sur des chariots a été pratiqué à diverses époques par les peuples de la steppe.

et l'ornent comme leurs maisons d'un décor par application ou de broderies multicolores. Dans ces coffres ils mettent tous leurs ustensiles et leur trésor. Ils les lient solidement sur des chariots élevés que tirent des chameaux et qui sont conçus pour passer les gués[8]. Ils ne les descendent jamais des chariots. Lorsqu'ils arrêtent leurs maisons d'habitation, ils en orientent toujours la porte vers le sud, et, ensuite, ils placent les chariots à coffres de part et d'autre de la maison à un demi-jet de pierre; de telle sorte que la maison se trouve entre deux rangs de chariots comme entre deux murs.

Les femmes se font faire de très beaux chariots que je ne pourrais vous décrire qu'avec une peinture; bien plus, je voudrais vous les peindre tous, si je savais peindre! Parmi les riches, un Moal ou Tartare a bien cent ou deux cents de ces chariots à coffres. Batou a vingt-six épouses; chacune d'elles a une grande maison et, derrière celle-ci, quelques petites qui sont comme des chambres, où habitent les servantes. Et à chacune de ces maisons s'adjoignent bien deux cents chariots[9].

Extrait de Guillaume de Rubrouck, *Voyage dans l'empire mongol*, trad. et commentaire de Claude-Claire et René Kappler, Paris, Imprimerie nationale, 1993.

8. Endroits où le niveau d'une rivière est assez bas pour qu'on puisse traverser à pied.
9. Au début du siècle suivant, le voyageur arabe Ibn Battûta dénombre près de 400 chariots et 2 000 chevaux dans le cortège de la troisième épouse du Khan des Qipc´aq, Uzbek Khan, successeur de Batou. Et encore, il ne s'agit que d'une brève visite que celle-ci rend à son père, l'empereur de Byzance, et d'une partie de son train complet d'esclaves, de chariots et de bagages.

Repérer et analyser

Les informations fournies : les Tartares

Le mode de vie

1 Sur quel aspect du mode de vie tartare insiste G. de Rubrouck ? Comment appelle-t-on ce type de peuples ? Quel est son antonyme ?

La yourte

2 Quels matériaux constituent la yourte ? Quelle est sa forme ?

3 Pourquoi l'auteur insiste-t-il sur le fait que ces yourtes sont des « maisons » et non de simples « tentes » ? Comment peut-on alors se déplacer si on ne les défait pas à chaque fois ?

Le mobilier

4 Quels objets font office de mobilier ? Comment sont-ils fabriqués ? Où et comment sont-ils disposés ?

5 Que veut montrer Guillaume de Rubrouck en soulignant la variété des décorations et la richesse des chariots ?

6 En quoi ces détails sont-ils contraires à l'image de « hordes sauvages » que l'on a parfois des peuples mongols ?

Campement mongol. À droite, les étapes de l'installation d'une yourte. Gravure de Nitschmann, 1776.

Guillaume de Rubrouck

Voyage dans l'empire mongol (2)

Après avoir décrit la yourte, Guillaume de Rubrouck détaille les coutumes vestimentaires des Mongols.

Pour ce qui regarde leurs vêtements et leur habillement, vous saurez qu'il leur vient de Catay[1] et d'autres pays d'Orient et aussi de Perse et d'autres pays du sud les étoffes de soie et d'or et les toiles de coton dont ils s'habillent en été. De Russie, de Moxel, de la Grande Bulgarie, de Pascatur qui est la Grande Hongrie, et de Kerkis[2], toutes régions situées au nord et très boisées, et de beaucoup d'autres régions du nord qui leur obéissent on leur apporte des fourrures précieuses très variées que je n'ai jamais vues dans nos pays, dont ils se vêtent en hiver. Ils se font toujours en hiver deux pelisses au moins, l'une dont le poil est à l'intérieur, au contact du corps, l'autre dont le poil est à l'extérieur contre le vent et la neige : ce sont la plupart du temps des peaux de loup, de renard ou de papion[3]. Lorsqu'ils sont à la maison, ils en portent d'autres d'une sorte plus délicate. Les pauvres confectionnent les pelisses d'extérieur en peau de chien ou de chèvre.

Ils font aussi des braies[4] avec des peaux. Les riches fourrent leurs vêtements avec de l'étoupe[5] de soie qui est extraordinairement douce, légère et chaude. Les pauvres les fourrent de toile de coton et de la partie la plus délicate qu'ils peuvent tirer de la laine. Avec la partie la plus grossière ils fabriquent du

1. Chine.
2. Désigne ici les Kirghizes, tribus turques d'Asie centrale.
3. Il doit s'agir de lynx.
4. Sorte de pantalon large.
5. Partie la plus grossière d'un textile végétal pas encore filé.

feutre pour couvrir leurs maisons, leurs coffres et même pour leur literie. Avec de la laine encore et avec un tiers de crin de cheval, ils font leurs cordes. De feutre, ils font aussi des couvertures à mettre sous les selles et des capes contre la pluie, ce qui fait qu'ils consomment beaucoup de laine. Vous avez donc vu l'habillement des hommes.

Les hommes se rasent le sommet de la tête en carré et, depuis les angles antérieurs, ils poursuivent la tonsure sur les côtés de la tête jusqu'aux tempes. Ils se rasent les tempes et la nuque jusqu'à l'occiput[6], et le front sur le devant jusqu'à la fontanelle[7] où ils laissent une touffe de cheveux qui descendent jusqu'aux sourcils. Sur les côtés de l'occiput ils gardent des cheveux dont ils font des tresses qu'ils relèvent, en les nouant, jusqu'aux oreilles.

L'habillement des jeunes filles ne diffère pas de celui des hommes, si ce n'est qu'il est un peu plus long. Mais le lendemain de ses noces, la jeune mariée se rase depuis le milieu de la tête jusqu'au front ; elle porte une tunique ample comme la cuculle[8] d'une nonne[9], mais plus large et plus longue, fendue sur le devant et attachée sous le côté droit. En cela les Tartares diffèrent des Turcs[10] car ceux-ci attachent leur tunique à gauche.

Elles ont en outre un ornement de tête qu'elles appellent « bocta », constitué d'écorce d'arbre ou d'une autre manière parmi les plus légères, gros et rond de telle sorte qu'on peut le tenir dans les deux mains, long d'une coudée[11] et plus, carré à l'extrémité comme un chapiteau de colonne. Elles couvrent de soie précieuse cette coiffure qui est creuse à l'intérieur, et

6. Partie arrière du crâne.
7. Espace existant entre les os du sommet du crâne chez les bébés. Ici, dessus de la tête.
8. Capuchon de moine.
9. D'une religieuse.
10. L'auteur différencie ici les Tartares (qui sont en fait les Mongols) des Turcs, peuple vivant à l'ouest de la Mongolie (qui sont en fait les anciens Tatars).
11. Ancienne mesure de longueur valant 50 cm.

au milieu du « chapiteau » ou carré supérieur elles posent une touffe de tuyaux de plumes ou de baguettes minces longues également d'une coudée et plus. Cette touffe, elles l'ornent au sommet de plumes de paon et, autour, sur toute la surface, de petites plumes de queue de malard[12] et même de pierres précieuses. Les grandes dames posent cet ornement au sommet de leur tête et l'attachent fortement avec une coiffe qui a une ouverture à son sommet à cet effet : là elles ramassent tous leurs cheveux qu'elles rassemblent depuis l'arrière de la tête en un nœud fixé au sommet, puis elles posent dessus la « bocta » qu'elles lient ensuite fortement sous le menton. Si bien que, lorsque plusieurs de ces dames chevauchent ensemble, et qu'on les voit de loin, elles ressemblent à des soldats coiffés de casques et portant des lances : la « bocta » ressemble à un casque et le panache à une lance. Elles chevauchent toutes comme des hommes, jambe deçà, jambe delà ; elles attachent leurs tuniques au-dessus des reins avec une étoffe de soie bleu ciel ; elles attachent d'autres bandelettes sous les seins et fixent sous leurs yeux un voile blanc qui descend jusqu'à la poitrine.

Elles sont étonnamment grasses ; celle a qui le plus petit nez est réputée la plus belle. Elles se défigurent en se peignant affreusement le visage. Pour accoucher, elles ne s'alitent jamais.

Extrait de *Guillaume de Rubrouck, Voyage dans l'Empire mongol*, trad. et commentaire de Claude-Claire et René Kappler, Paris, Imprimerie nationale, 1993.

12. Canard mâle.

Repérer et analyser

Les informations fournies : les Tartares

Les vêtements

1 **a.** Classez dans un tableau à deux colonnes les matières des vêtements tartares :
- celles venues de l'Est (Chine, Orient, Sud) ;
- celles venues de l'Ouest (Russie, Asie Mineure, Europe de l'Est).

b. Quelle est la matière la plus utilisée par tous ? à quel usage ?

2 G. de Rubrouck distingue ensuite les costumes des hommes et des femmes. Quel élément permet principalement de les distinguer ?

3 En quoi consiste la *bocta* (l. 60) ? Essayez de la décrire en quelques mots ou à l'aide d'un schéma.

L'aspect des femmes

4 Quels aspects des femmes tartares (comportement, manière de vivre, esthétique) frappent le plus l'auteur ? Leurs critères de beauté sont-ils proches ou différents des nôtres ?

La visée

5 Dans cette description, l'auteur porte-t-il un jugement de valeur sur les Tartares ? Qu'essaie-t-il de faire ?

Ibn Battûta

Voyages

Ibn Battûta, né au Maroc en 1304, explora le monde pendant vingt-huit ans et parcourut plus de 120 000 kilomètres. Ayant définitivement regagné le Maroc, il entreprit de dicter ses souvenirs à un lettré et ce récit, intitulé Cadeau précieux pour ceux qui considèrent les choses étranges des grandes villes et les merveilles des voyages, *fut achevé en 1356.*

Le peuple de la Chine est de tous les peuples celui qui a le plus d'habileté et de goût pour les arts. C'est là un fait généralement connu, que beaucoup d'auteurs ont noté dans leurs ouvrages, et sur lequel ils ont fort insisté. Pour ce qui regarde la peinture, aucune nation, soit chrétienne ou autre, ne peut rivaliser avec les Chinois : ils ont pour cet art un talent extraordinaire. Parmi les choses étonnantes que j'ai vues chez eux à ce sujet, je dirai que toutes les fois que je suis entré dans une de leurs villes, et que depuis il m'est arrivé d'y retourner, j'y ai toujours trouvé mon portrait et ceux de mes compagnons peints sur les murs et sur des papiers placés dans les marchés. Une fois, je fis mon entrée dans la ville du sultan (Pékin), je traversai le marché des peintres, et arrivai au palais du souverain avec mes compagnons ; nous étions tous habillés suivant la mode de l'Iraq. Au soir, quand je quittai le château, je passai par le même marché ; or je vis mon portrait et les portraits de mes compagnons peints sur des papiers qui étaient attachés aux murs. Chacun de nous se mit à examiner la figure de son camarade, et nous trouvâmes que la ressemblance était parfaite.

On m'a assuré que l'empereur avait donné l'ordre aux peintres de faire notre portrait ; ceux-ci se rendirent au château pendant que nous y étions ; ils se mirent à nous considérer et à nous peindre, sans que nous nous en fussions aperçus. C'est, au reste, une habitude établie chez les Chinois de faire le portrait de quiconque passe dans leur pays. La chose va si loin chez eux à ce propos que, s'il arrive qu'un étranger commette quelque action qui le force à fuir de la Chine, ils expédient son portrait dans les différentes provinces, en sorte qu'on fait des recherches, et en quelque lieu que l'on trouve celui qui ressemble à cette image, on le saisit. [...]

La Chine est la plus sûre ainsi que la meilleure de toutes les régions de la terre pour celui qui voyage. On peut parcourir tout seul l'espace de neuf mois de marche sans avoir rien à craindre, même si l'on est chargé de trésors. C'est que dans chaque station il y a une hôtellerie surveillée par un officier, qui est établi dans la localité avec une troupe de cavaliers et de fantassins[1].

Tous les soirs, après le coucher du soleil, ou après la nuit close, l'officier entre dans l'auberge, accompagné de son secrétaire ; il écrit le nom de tous les étrangers qui doivent y passer la nuit, en cachette[2] la liste, et puis ferme sur eux la porte de l'hôtellerie. Au matin, il y retourne avec son secrétaire, il appelle tout le monde par son nom, et en écrit une note détaillée. Il expédie avec les voyageurs une personne chargée de les conduire à la station qui vient après, et de lui apporter une lettre de l'officier proposé à cette seconde station, établissant que tous y sont arrivés ; sans cela ladite personne en est responsable. C'est ainsi que l'on en use dans toutes les stations de ce pays, depuis Sîn-Assîn[3] jusqu'à Khân-Bâlik[4]. Dans ces auberges, le voyageur trouve tout ce dont il a besoin en fait de provisions ; il y a surtout des poules et des oies ; quant aux moutons, ils sont rares en Chine.

Ibn Battûta, *Voyages*, t. 3, « Inde, Extrême-Orient, Espagne et Soudan », Paris, La Découverte, 1997.

1. Soldats qui vont à pied.
2. Cacheter : fermer avec un cachet de cire.
3. Canton.
4. Pékin.

Questions

Repérer et analyser

Les informations fournies : la Chine

Un art particulier

1 Dans quel domaine, selon l'auteur, les Chinois sont-ils particulièrement remarquables (l. 1 à 19) ?

2 Quelle pratique étonnante en donne la confirmation aux voyageurs ? Imaginez, de nos jours, quelle pourrait être une pratique équivalente.

3 Ces portraits sont-ils faits dans un but artistique ? Quel intérêt ont-ils aussi ? Justifiez votre réponse.

La place faite aux voyageurs

4 **a.** Quels avantages présente la Chine pour un voyageur (l. 31 à 52) ?

b. Quel système ingénieux permet de s'assurer que tous les voyageurs font bonne route ?

5 Ce sens de l'organisation ne s'est-il pas déjà révélé dans d'autres domaines ? Retrouvez les passages de Marco Polo qui le montrent.

Alexandra David-Néel

Journal de voyage

Déguisée en mendiante tibétaine, Alexandra David-Néel (1868-1969) fut la première femme européenne à pénétrer dans Lhassa, la capitale du Tibet, où vivait le Dalaï Lama. Pour préparer son voyage, elle fit d'abord plusieurs séjours dans des monastères tibétains, et notamment à Kum-Bum. Personnalité d'une rare énergie, elle vécut jusqu'à 101 ans et a laissé une œuvre importante sur l'Inde et le Tibet. Voici un extrait de son journal de voyage : il est adressé à son mari qui finançait ses voyages mais ne l'accompagnait pas dans ses périples aventureux.

Kum-Bum, 12 juillet 1918. – J'ai envie de dire : ouf ! Me voici à Kum-Bum. Combien, là-bas, au Japon, j'ai regardé de fois, sur la carte, ce nom inscrit en tout petits caractères à peine visibles parmi l'ombre des montagnes. Cela semblait si loin de Pékin et l'est en réalité – entre 2 500 et 3 000 km. Je me demandais, ignorant l'état des routes, comment j'effectuerais le trajet et quels obstacles apporteraient, peut-être, à mon projet les gens des pays à traverser. Mais voilà, une fois de plus, je constate que les difficultés des voyages sont, surtout, dans les récits des voyageurs et dans les appréhensions précédant le départ. Une fois en route tout se simplifie. On ne mange pas toujours bien, on ne dort pas toujours bien ; il faut parfois endurer la poussière ou la chaleur, ou la pluie, ou le froid ; les gîtes manquent de confort. Rien de tragique là-dedans. Et les kilomètres défilent, on laisse derrière soi des villes, des rivières, des montagnes et, après tout, on continue à marcher sur la terre et sur ses deux jambes… C'est bien facile. À Si-in, très aimablement, le prêtre belge (R. P. Schram) et les missionnaires protestants m'ont prêté les livres des voyageurs qui ont parcouru quelques parties du Tibet. Je m'émerveille des tartarinades[1] de ces gens et de leur façon de voyager. D'abord, pas un n'entendait la langue du pays; ensuite, ils s'embarquaient avec des douzaines de chameaux, des douzaines de chevaux, des douzaines de serviteurs, il fallait ravitailler tout cela et le pire c'est que, sans discernement, ils emmenaient des chameaux habitués aux steppes mongoles parmi les glaciers des cols tibétains, et des musulmans dans le pays des lamas[2]. Le gâchis qui suivait, on l'imagine, et c'est avec l'histoire de ce gâchis qu'ils ont composé leurs livres. Leur façon de se conduire avec les indigènes[3] mérite aussi une mention. Les uns se fournissaient de gibier en tirant dans les propriétés des monastères sur des animaux familiers, un autre – je regrette qu'il soit français – ici, à Kum-Bum – se mit à graver son nom sur l'arbre sacré. Que penserait-il si un visiteur s'avisait d'inscrire son nom sur la glace de son salon ?... Enfin, d'autres enlevaient de force les chevaux des nomades pour remplacer ceux de leur caravane qui étaient morts. Ce qui m'étonne, c'est la mansuétude[4] des Naturels[5] qui n'ont pas massacré ces intrus mal élevés.

Kum-Bum, 20 février 1919. – La semaine dernière a été printanière, on se sentait pousser des ailes et le désir de s'envoler à travers l'espace, mais un vilain froid et de la neige ont succédé à cet avant-goût du printemps qui s'approche. Ma provision de houille est à sa fin, il ne reste que de la poussière qui chauffe médiocrement et, en attendant le retour de l'homme que j'ai envoyé à la mine, nous sommes un peu transis. La grande fête

1. Mot inventé par l'auteur pour se moquer des vantardises des voyageurs qui exagèrent leurs exploits comme Tartarin de Tarascon.
2. Moines bouddhistes.
3. Habitants originaires du pays.
4. Bonté, indulgence.
5. Ici, les habitants du pays, les indigènes.

annuelle a eu lieu le 16. C'est une des plus belles choses que j'aie vues dans le style chinois ; il y avait quantité de statues en beurre colorié exquisement modelées et entourées d'une profusion[6] d'ornements, tous en beurre. Certaines étaient exposées dans des édifices improvisés décorés de milliers de bannières[7], de lampes et de lanternes. J'ai fait le tour de cette exposition, escortée de gens portant des lanternes, qui écartaient la foule assez compacte, et ai été reçue en cérémonie par les organisateurs des diverses exhibitions[8]. Deux jours auparavant, j'avais été conviée à une séance musicale qui m'a enchantée. On y exécutait de la musique mongole. J'aurais voulu que tu[9] eusses été là. Il y avait des flûtistes merveilleux. Pour terminer, il y a eu un morceau pour cymbales seules. Imagine six ou sept paires de cymbales de cuivre de dimensions diverses et accordées entre elles de façon à produire des intervalles musicaux. Les artistes les frappent chacun suivant un rythme différent et l'ensemble produit un véritable *air*. Quelque chose d'étrange et de prenant, évoquant l'idée d'une galopade de chevaux accourant du fond des steppes, amenant les hordes de Gengis Khan. Je me suis délectée jusqu'au tréfonds de mon âme de musicienne ! peut-être, surtout, parce que la musique avait, ici, épousé les chansons que le vent répand parmi les solitudes, qui environnent les camps perdus au milieu du désert et accompagnent la caravane en marchant à travers l'immensité.

Alexandra David-Néel, *Mystiques et magiciens du Tibet*, Paris, Plon, 1929.

6. Grande quantité.
7. Ici, petits drapeaux multicolores pour honorer la divinité.
8. Ici, représentations, spectacles.
9. Désigne son mari.

Questions

Repérer et analyser

Les informations fournies

Le voyage et les voyageurs

1 Avant son départ, quelles difficultés Alexandra David-Néel s'attend-elle à trouver en route ? Qu'en est-il finalement ?

2 Quelles conditions doivent souvent accepter les voyageurs ? Cela doit-il les empêcher de voyager ?

3 Quels sont les reproches qu'Alexandra David-Néel adresse aux voyageurs qui l'ont précédée ? Comment juge-t-elle leur comportement ?

4 Dans la critique qu'elle fait, il y a une gradation dans l'ordre des fautes commises. Pourquoi chasser dans un monastère ou écrire sur un arbre sacré est-il plus grave qu'emmener un chameau dans les glaciers ?

5 De quoi finalement l'auteur s'étonne-t-elle le plus ?

La grande fête annuelle

6 **a.** En quelle matière sont les statues sculptées pour la grande fête annuelle ? Quelles conditions climatiques particulières rendent possible l'utilisation de cette matière ?

b. Pensez-vous que ces statues sont destinées à durer ? Justifiez votre réponse.

7 **a.** Quels instruments utilisent les musiciens ? Citez le texte à l'appui de votre réponse.

b. Quelles images évoquent cette musique dans l'imaginaire d'Alexandra David-Néel ? pourquoi à votre avis ?

Nicolas Bouvier

L'usage du monde

Né à Genève en 1929, Nicolas Bouvier incarne l'écrivain voyageur des années 1960-1970, passionné par l'Inde et l'Asie. Également photographe pour la presse et l'édition, il a sans cesse l'œil et l'oreille aux aguets pour capter l'insolite et la magie de l'inconnu.

Le voici roulant à travers la vaste steppe d'Anatolie, à l'est de la Turquie.

Octobre – Route de Sungurlu (Anatolie)

Seules une légère différence de matière et la trace des camions distinguent la route de terre de la terre brune qui l'entoure et s'étend à perte de vue. Les pieds au chaud dans les bottes, une main sur le volant, de la terre plein le regard, on entame cet immense paysage en se disant : cette fois, le monde a changé d'échelle, c'est bien l'Asie qui commence !

Parfois, on distingue la tache beige plus pâle d'un troupeau contre le flanc d'une colline, ou la fumée d'un vol d'étourneaux entre la route et le ciel vert. Le plus souvent, on ne voit rien... mais on entend – il faudrait pouvoir « bruiter » l'Anatolie – on entend un lent gémissement inexplicable, qui part d'une note suraiguë, descend d'une quarte[1], remonte avec beaucoup de mal, et insiste. Un son lancinant[2], bien fait pour traverser ces étendues couleur de cuir, triste à donner la chair de poule, et qui vous pénètre malgré le bruit rassurant du moteur. On écarquille les yeux, on se pince, mais rien ! Puis on aperçoit un point noir, et cette espèce de musique augmente

1. Terme de musique. Intervalle de quatre degrés dans la gamme (ex. : do – fa).

2. Qui devient obsédant.

intolérablement. Bien plus tard, on rattrape une paire de bœufs, et leur conducteur qui dort la casquette sur le nez, perché sur une lourde charrette à roues pleines dont les essieux forcent et grincent à chaque tour. Et on le dépasse, sachant qu'au train où on chemine, sa maudite chanson d'âme en peine va vous poursuivre jusqu'au fond de la nuit. Quant aux camions, on a affaire à leurs phares une heure au moins avant de les croiser. On les perd, les retrouve, les oublie. Brusquement ils sont là, et pendant quelques secondes nous éclairons ces énormes carcasses peintes en rose ou en vert pomme, décorées de fleurs en semis, et qui s'éloignent en tanguant sur la terre nue, comme de monstrueux bouquets.

Il nous arrive aussi d'être intrigués par deux mignonnes lanternes d'or qui s'allument, s'éteignent, clignotent, et semblent reculer devant nous. On pense – à cause de leur écartement – à une petite voiture de tourisme… et lorsqu'on est dessus, c'est un hibou qui dormait au bord de la piste sur la pile d'un pont, et ce lourd flocon s'enlève en criant dans le vent de la voiture.

Ces charrettes à roues pleines, il paraît qu'il en fut retrouvé d'exactement semblables dans des sépultures babyloniennes[3]. Il y aurait donc quatre mille ans que leurs essieux tourmentent le silence anatolien. Voilà qui n'est pas mal, mais sur la piste qui relie Bogasköy à Sungurlu, nous sommes tombés sur plus ancien encore. L'après-midi était avancé, le ciel clair, nous traversions une plaine absolument vide. L'air était assez transparent pour qu'on distingue un arbre qui se dressait tout seul à une trentaine de kilomètres. Et tout d'un coup… toc… toctoc… tac… une grêle de légers chocs clairs et irrités qui s'amplifiaient à mesure que nous avancions. Un peu semblables aux craquements d'un feu de bois sec ou à ceux du métal

3. Tombeaux datant de l'Antiquité : Babylone se trouvait en Mésopotomie, sur les bords de l'Euphrate.

chauffé à blanc et qui travaille. Thierry arrêta la voiture en blêmissant[4] ; j'avais eu la même crainte que lui : nous avions dû perdre de l'huile et les pignons du différentiel[5] se « mangeaient » en chauffant. Nous nous trompions, car le bruit n'avait pas cessé. Il augmentait même, tout près sur notre gauche. On alla voir : derrière le talus qui borde un côté de la piste, la plaine était noire de tortues qui se livraient à leurs amours d'automne en entrechoquant leur carapace. Les mâles employaient la leur comme un bélier pour bousculer leur compagne et la pousser vers une pierre ou une touffe d'herbe sèche à laquelle ils l'acculaient. Ils étaient un peu plus petits que les femelles. Au moment de l'accouplement, ils se dressaient complètement pour les atteindre, tendaient le cou, ouvraient une gueule rouge vif et poussaient un cri strident. Quand nous sommes partis, de toutes les directions de la plaine on voyait des tortues se hâter lentement vers ce rendez-vous. Le jour tombait. On ne s'entendait plus.

Nicolas Bouvier, *L'Usage du monde*, Paris, Payot, 1963.

4. Blêmir : devenir très pâle, livide.
5. Terme mécanique. Il s'agit des roues dentées de l'engrenage reliant les deux moitiés d'un essieu de voiture.

Questions

Repérer et analyser

Les informations fournies : l'Anatolie

1 Expliquez : « Le monde a changé d'échelle » (l. 6-7).

2 **a.** Dans les lignes 8 à 30, relevez les champs lexicaux de la vue et de l'ouïe.

b. « Il faudrait pouvoir "bruiter" l'Anatolie » (l. 11-12). Que traduit ici le néologisme « bruiter » ? Sur quelle particularité insiste-t-il ?

3 Dans cette vaste étendue monotone, les sens sont sources d'illusion. Relevez deux exemples dans le texte.

4 Quelles anecdotes évoquées dans ce texte vous permettent de dire qu'en Anatolie se croisent un monde aux traditions très anciennes et la civilisation moderne ?

5 **a.** Que redoutent l'auteur et son compagnon de route quand ils entendent un bruit insolite (l. 46-47) ?

b. Malgré l'inquiétude du voyageur, ce texte est plein d'humour. Relevez des expressions qui vous ont fait sourire (l. 38 à la fin).

Index des rubriques

Repérer et analyser

Étudier la langue

Se documenter

S'exprimer

Enquêter

Table des illustrations

Cartographie : Domino

Iconographie : Hatier Illustration

Principe de maquette : Mecano-Laurent Batard

Mise en page : Alinéa

Achevé d'imprimer en France par Hérissey à Évreux (Eure)
Dépôt légal : 73927-9/09 - Septembre 2010 - N° d'impression : 114701